Arno Surminski

An der Haltestelle

oder
Die Freuden des Alters

Husum

Titelbild: Herbstmorgen in der Kaschubei. iStock/M. Liberra

Bibliografische Information der Deutschen Nationalbibliothek

Die Deutsche Nationalbibliothek verzeichnet diese Publikation in der
Deutschen Nationalbibliografie; detaillierte bibliografische Daten
sind im Internet über http://dnb.dnb.de abrufbar.

© 2022 by Husum Druck- und Verlagsgesellschaft mbH u. Co. KG,
Husum
Druck und Verarbeitung: Husum Druck- und Verlagsgesellschaft
Postfach 1480, D-25804 Husum – www.verlagsgruppe.de
ISBN 978-3-96717-107-5

Inhalt

Visite	7
Warten auf den Bus	10
Wo liegt Kuckerneese?	13
Die Bremer Stadtmusikanten	15
Zur Loreley	18
Grün ist die Heide	22
Nach Helgoland	24
Zur steinernen Jungfrau	27
Oktoberfest im Norden	30
Zum stillen Don	33
Das Wunder von Bern	36
Der Eiserne Kanzler	40
Zum blonden Hans	43
Wo die Hunde mit dem Schwanz bellen	46
Polizeibesuch	49
Butterfahrt	52
Zu den Denkmälern	55
Frische-Luft-Festival	58
Der Rote Karl	61
Zum Alten Fritz	63
Die sandige Insel	67

Walpurgisnacht 70

Ach Luise 73

Zu den Helden 76

Einmal am Rhein 79

Die „Sünderin" und die „Fischersfrau" 83

Geh'n wir mal zu Hagenbeck 86

Maskerade 89

Im Schwarzen Meer 92

Blauer Brief 96

Zu den schlesischen Bergen 100

Nun danket alle Gott 102

Um Leben und Tod 105

Von Eulen und Meerkatzen 107

Auf dem gelben Wagen 110

Heimwehreise 113

Zum Jagen 116

Lügengeschichten 119

Die neue Welt 122

Das Letzte 126

Visite

Es begann damit, dass zwei Herren vom Amt zur Visite kamen. Unverhofft standen sie vor der Tür, zeigten einen Zettel, auf dem amtlich abgestempelt stand, sie sollten das Seniorenheim Himmelschlösschen inspizieren. Elvira empfing sie freundlich, denn sie wusste: in ihrem Heim herrschte Ordnung.

Als Erstes besuchten sie die Küche und schauten in alle Töpfe. Dann gingen sie in die Stuben, probierten die Spülung der Toiletten, schließlich setzten sie sich in den Speiseraum an den runden Tisch, an dem die alten Leute ihre Mahlzeiten einnahmen.

An runden Tischen sind alle gleich, da gibt es kein oben und unten, sagte einer der amtlichen Herren.

Elvira spendierte einen Kaffee.

Nach dem Kaffeetrinken besichtigten sie den Lagerraum und die Abfalltonnen. Schließlich spazierten sie durch den Garten, Elvira immer dabei.

Was bedeutet das? fragte einer und klopfte auf eine Holztafel, die neben der Gartenbank stand. Unter dem Schild „Haltestelle" hingen Fahrpläne.

Elvira lachte.

Das gehört zu unserem Unterhaltungsprogramm, sagte sie. Wir haben zwei unternehmungslustige alte Herren im Haus, die gern auf Reisen gehen. Sie setzen sich jeden Morgen auf die Bank und warten auf ihren Bus.

Aber es fährt doch kein Bus, wunderten sich die Inspektoren.

Natürlich fährt kein Bus, antwortete Elvira. Das ist ihr Spaß, mit einem Bus zu fahren, den es gar nicht gibt. Abends am runden Tisch erzählen sie von den Reisen, die sie sich ausgedacht haben. Das ist immer eine lustige Vorstellung, es wird auch viel gesungen.

Einer der Herren buchstabierte die Städtenamen, die auf den Fahrplänen standen: Stettin, Breslau, Danzig, Prag, Königsberg.

Warum die fernen Namen? Da fährt doch kein Bus hin, sagte er.

Unsere Alten freuen sich, wenn sie die fernen Namen auf dem Fahrplan sehen. Viele Bewohner von Himmelschlösschen kommen aus dem Osten. Nach dem großen Krieg flüchteten sie zu uns, noch heute sprechen sie gern über die Städte und Dörfer, in denen sie geboren wurden. Für sie haben wir Danzig und Königsberg auf die Fahrpläne geschrieben. Es ist nur wegen der Erinnerung.

Wo kommen die beiden Alten her? fragte einer der Inspektoren.

Der eine behauptet, in Bullerbü auf die Welt gekommen zu sein, der andere ist aus Kuckerneese.

Wo liegt das denn?

Das wissen sie selbst nicht, sagte Elvira. Bullerbü könnte in Schweden sein, der aus Kuckerneese redet immer davon, wie er als Kind in einem Fluss namens Ruß gebadet hat.

Können wir die beiden mal sprechen? fragte einer.

Sie sind gerade unterwegs, antwortete Elvira.

Entweder sitzen sie im Friesenhof und trinken ein Bier, oder sie wandern durch die Feldmark. Abends am runden Tisch erzählen sie von Elchen und Wildschweinen, die ihnen begegnet sind.

Schöne Grüße an Hannes und Walter, sagten die Inspektoren. Wir kommen mal wieder, um uns ihre Geschichten anzuhören.

Warten auf den Bus

Ob er heute kommt?

Es gibt einen Fahrplan, daran muss er sich halten.

Wenn Sonntag ist, kommt er nicht.

Elvira, ist heute Sonntag?! rief Hannes. Elvira öffnete das Küchenfenster.

Heute ist Freitag!

Na siehst du, wenn Freitag ist, muss er kommen.

Hannes und Walter saßen auf der Bank, malten Kringel in den Sand und schwiegen, während sie auf den Bus warteten.

Ob Martha mitfahren will? fragte Walter. Die ist schon lange tot, antwortete Hannes.

Elvira kam mit einer Flasche Saft in den Garten, die sie zwischen die beiden auf die Bank stellte.

Warum hat mir keiner gesagt, dass Martha tot ist? fragte Walter.

Martha ist nicht tot, die liegt im Krankenhaus, weil sie ein schlimmes Bein hat, antwortete Elvira.

Vielleicht kommt Grete mit, die ist auch gut zu Fuß, sagte Hannes. Lieber nicht, meinte Walter. Grete redet ohne Luftholen.

Im Bus darf man nicht trinken, erklärte Elvira und schenkte ihnen Saft ein.

Was du nicht sagst! rief Hannes. Als wir mit dem Schulbus unterwegs waren, haben wir jeden Tag Bier getrunken, und der Busfahrer bekam auch einen Schluck ab. So war das in der guten alten Zeit.

Elvira ging ins Haus und ließ die beiden allein an der Haltestelle. Da saßen sie auf einer grünen Bank unter einem roten Bretterdach und schwiegen vor sich hin.

Wenn es kalt wird, müsst ihr reinkommen! rief Elvira durchs geöffnete Küchenfenster.

Wenn es kalt wird, steigen wir in den Bus, antwortete Walter.

Am Nachmittag, als die anderen im Garten spazieren gingen, saßen sie immer noch an der Haltestelle. Die anderen liefen hin und her, sprachen mit Blumen und Schmetterlingen, die Frauen sangen Lieder vom schönen Mai.

Wohin wollt ihr fahren? fragte eine Frau im Vorbeigehen. Das sagen wir nicht, antwortete Hannes.

Bestimmt wieder nach Posemuckel oder Katzenwinkel, meinte die Frau.

Wir kommen nicht wieder, erklärte Walter. Wir haben genug von eurem Himmelschlösschen. Hier gibt es nicht mal ein Bier zu trinken.

Wo liegt Kuckerneese?

Während Hannes und Walter auf den Bus warteten, kam einer auf Krücken zur Haltestelle und studierte die Fahrpläne.

Das ist Egon, sagte Hannes leise. Mit dem sprechen wir kein Wort, der ist nämlich verrückt. An ungeraden Tagen redet er nur Platt. Je höger de Oap stiggt, je mehr wiest he sien Achterdeel, sagte er einmal zu Elvira. Die hat ihn zum Glück nicht verstanden, weil sie aus der hochdeutschen Gegend kommt.

Wundere mich bloß, wohin heutzutage Busse fahren, meinte Egon. Sogar Breslau haben sie auf dem Fahrplan.

Denkst du etwa, in Breslau gibt es keine Bushaltestelle? brummte Walter. Ich bin als Junge oft nach Breslau gefahren. Glaub mir, es ist eine Riesenstadt mit einem Fußballstadion, einem Schwimmbad und Bushaltestellen ohne Ende.

Aber heute ist das anders, winkte Egon ab. Wer mit dem Bus nach Breslau ins Schwimmbad fahren will, den lachen die Hühner aus.

In einer Gartenecke versammelten sich Frauen und

sangen: „Wenn ich den Wanderer frage …", „Dort unten in der Mühle ….", „Am Brunnen vor dem Tore …".

Müssen schon ziemlich alt sein, wenn sie so etwas singen, meinte Walter. Wenn sie „Alte Kameraden" anstimmen, singen wir mit. Aber das können Frauen nicht, „Alte Kameraden" können sie nicht.

Walter fuhr mit dem Zeigefinger die Ortsnamen und Uhrzeiten auf dem Fahrplan ab.

Früher stand auch Memel auf dem Plan, sagte er.

Dahin fahren sie heute mit dem Schiff, nicht mit dem Bus, wusste Hannes.

Walter erzählte, wie er vor fünfzig Jahren mit dem Bus von Danzig nach Königsberg gefahren war. Eine wunderliche Reise. Weil es im Krieg kein Benzin gab, musste der Bus mit Holzkohle fahren. Das verräucherte die ganze Stadt. Ob sein Kuckerneese eine Bushaltestellte hat, wusste Walter nicht. Einen Bus hab ich als Kind nie gesehen, meistens fuhren wir mit dem Kahn spazieren.

Das Nest liegt bestimmt in Russland, meinte Hannes. Die Russen haben keine Busse, die fahren nur mit Panzern.

Die Bremer Stadtmusikanten

Erzählt mal, wo ihr heute gewesen seid, sagte Elvira, als sie die Erbsensuppe auf den Tisch stellte.

Das sagen wir nicht, antwortete Walter. Ihr glaubt uns ja doch nicht.

Aber alle hören es gern, wenn ihr von euren Reisen erzählt, ermunterte Elvira die beiden. Einige aus unserem Heim kommen nur zum Abendessen, weil sie euch zuhören wollen.

Bevor wir erzählen, müsst ihr singen.

Was wünscht ihr euch? fragte Elvira.

„Mein Vater war ein Wandersmann", das passt immer, sagte Hannes.

Also gut, den „Wandersmann", sagte Elvira. Alle sangen und ließen darüber die Suppe kalt werden.

Jetzt seid ihr dran, forderte Elvira die beiden Alten auf.

Wir haben die Bremer Stadtmusikanten besucht, fing Walter an. Die stehen, wie jeder weiß, auf einem Sockel in der Stadt und lassen sich fotografieren.

Das ist nichts Besonderes, meinte Egon. Die Bremer Stadtmusikanten werden jeden Tag tausendmal fotografiert.

Aber heute war es anders, sagte Hannes. Einmal im Jahr steigen sie vom Sockel und spazieren durch die Straßen. Und so ein Tag war heute. Wir hörten den Hund bellen, die Katze miauen, den Esel iah schreien und den Hahn krähen. Wir sind auch mit den vier Musikanten durch die Stadt gewandert, vorneweg der Bürgermeister, hinter uns eine Blaskapelle.

Warum haben wir keine Katze in Himmelschlösschen? fragte Margarete.

Ihr wisst doch, dass keine Tiere ins Heim dürfen, erwiderte Elvira. Das muss so sein wegen der Gesundheit. Nicht einmal Kanarienvögel sind erlaubt.

Am liebsten hätten wir den Hahn mitgebracht, damit er in unserem Garten zu den Mahlzeiten kräht. Er könnte auch auf dem Dach unserer Haltestelle stehen und Bescheid geben, wenn der Bus kommt.

Einen Hund könnten wir auch gebrauchen! rief Egon über den Tisch

Nur das nicht, sagte Margarete. Der bellt die ganze Nacht und lässt uns nicht schlafen.

16

Und was soll mit dem Esel werden? fragte Elvira.
Esel haben wir schon genug.

Auf einen Esel mehr oder weniger kommt es nicht
an, meinte Hannes. Der Esel in Bremen war jedenfalls fix plietsch, der konnte lesen, schreiben, Ge-
dichte aufsagen und bis hundert zählen.

Wie sind die Tiere wieder auf den Sockel gekommen? fragte Egon.

Kurz vor Sonnenuntergang ging ein Nachtwächter
durch die Stadt und blies Trompete. Darauf rannten
alle zum Sockel. Der Esel war als Erster oben, der
Hund sprang ihm auf den Rücken, die Katze hinter-
her, und ganz zum Schluss flog der Hahn durch die
Luft. Der krähte noch einmal laut. Dann war es
mausestill in Bremen.

Zur Loreley

Von dieser Reise dürfen wir kein Wort verraten, sonst wollen die Frauen mitfahren, sagte Hannes. Die singen schon jeden zweiten Tag „Ich weiß nicht, was soll es bedeuten" und schwärmen vom Vater Rhein.

Auch Elvira darf nichts erfahren, meinte Walter. Sonst legt sie uns Schwimmwesten an. Die hat schreckliche Angst, wir könnten bei einer Rheinfahrt untergehen.

Als Egon zur Haltestelle kam und fragte, wohin sie reisen wollten, sagte Walter nur: „Ich weiß nicht, was soll es bedeuten".

Einen Tag lang lief Egon herum und versuchte herauszufinden, was es mit „Ich weiß nicht, was soll es bedeuten" auf sich hat. Als Hannes und Walter abends das Haus betraten, stimmten die Frauen das Loreleylied an. Da wusste Egon auch Bescheid.

Und so war es zugegangen: In Köln ein Schiff bestiegen. Der Bordlautsprecher empfing sie mit Karnevalsmusik, und als sie am Dom vorbeifuhren, läuteten ihnen zu Ehren die Glocken.

Die Loreley kam später, erklärte Hannes. Erst tranken wir Rheinwein. Dann sahen wir sie auf einem Felsen sitzen. Sie pusselte in ihren Haaren herum, die so lang waren, dass die Haarspitzen das Wasser berührten. Ein Matrose erzählte uns, wie es bei starker Strömung vorkommt, dass die Haare vom Wasser erfasst werden und die Deern vom Felsen in den Fluss gezogen wird. Für solche Fälle stehen Fischer bereit, die sie aus dem Wasser ziehen. Ein Hubschrauber bringt sie erst zum Trocknen in die Stadt und dann zurück zum Felsen, wo sie wieder singen kann.

Hannes meinte, die Loreley-Geschichte tauge nicht für Männer.

Das Weib schickt die Kerle den Berg rauf. Sind sie oben, fängt sie unten an zu singen, die Männer werden ganz närrisch, stürzen sich in den Fluss und werden nicht mehr gesehen.

Weil uns der Loreley-Rummel nicht gefiel, sind wir weitergefahren, erzählte Walter. Bis uns das Malheur von Remagen einholte. Da steht eine Brücke, über die schon amerikanische Panzer gefahren sind, als der letzte Krieg zu Ende gehen wollte. Panzer fanden wir nicht, aber das Wasser stand so hoch, dass es unserem Kapitän die Mütze vom Kopf riss, als unser Schiff unter der Brücke durchfuhr. Die Mütze dümpelte noch eine Weile im Wasser hin und her, bis sie in einem Strudel unterging. Das war der einzige Verlust auf unserer Rheintour.

Als wir die Weingegend ansteuerten, lachte uns wieder die Sonne, sagte Hannes. Da standen hübsche Mädchen am Ufer und winkten mit vollen Flaschen. Die wollen nur euer Geld, sagte uns ein Matrose.

Walter ging zu Elvira und schlug vor, ein paar Flaschen Rheinwein anzuschaffen. Die Loreley brauchen wir nicht, aber mit Rheinwein geht alles besser.

Ihr wisst doch, dass es in Himmelschlösschen keinen Wein geben darf! rief Elvira.

Was ist ein Haus ohne Wein, grummelte Hannes.

Die Frauen sangen „Einmal am Rhein" und fingen an zu schunkeln. Seht ihr, es geht auch ohne Wein, sagte Elvira.

Auf dem Schiff gab es Wein genug, erklärte Walter. Es kam uns so vor, als wäre die Rheinfahrt nur zum Weintrinken erfunden worden. Als wir die erste Flasche ausgetrunken hatten, fing unser Schiff an zu schaukeln. Auch die Loreley schaukelte auf ihrem Felsen. Weil der Kapitän nicht nur Wein, sondern auch Bommerlunder getrunken hatte, lief unser Schiff auf Grund. Die Loreley winkte einen Schlepper von Holland heran, der uns wieder flott gemacht hat.

Jedenfalls waren wir froh, mit heiler Haut an Land zu kommen, sagte Hannes. Von Rheinfahrten haben wir genug. Wenn Rhein, dann nur, um Wein zu trinken.

Grün ist die Heide

Es hatte einen Tag und eine Nacht lang geregnet, und als sie am Morgen zur Haltestelle kamen, stand die Bank im Wasser.

Euer Bus wird stecken bleiben, sagte Elvira.

Überschwemmungen haben wir oft erlebt, antwortete Hannes. Einmal stand das Wasser bis zum Trittbrett. Der Busfahrer rief: Alle mal Schwimmwesten anlegen! Da haben wir auf den Knien gelegen und den Bus leergeschöpft.

Fahrt lieber in die Berge, schlug Egon vor. Da gibt es keine Überschwemmung.

Bloß das nicht! rief Walter. Vom Serpentinenfahren bekommt der Mensch einen kranken Kopf. Ab und zu kullert auch mal ein Bus den Berg runter.

Wo wir hinfahren, gibt es keine Berge und keine Überschwemmungen, meinte Hannes. Die Gegend heißt nämlich Lüneburger Heide.

Die Frauen bestellten Grüße an Hermann Löns und fingen an, das Lied zu singen, in dem es heißt: „… ging ich auf und ging ich unter …".

22

Na, eher untergehen, nörgelte Egon, als der Bus durch die Wasserpfützen vom Hof fuhr.

In Himmelschlösschen sorgte die Lüneburger Heide für einigen Gesprächsstoff. Die Frauen wollten den Film „Grün ist die Heide" sehen und baten Elvira, ihn zu beschaffen. Sie schwärmten von Rudolf Prack, dem schönsten Mann ihrer Jugendzeit. Sonja Ziemann ließen sie auch als Schönheit durchgehen. Elisabeth behauptete, der Sonja ähnlich gesehen zu haben, damals in jungen Jahren. Jedenfalls drehten sich die Leute auf der Straße nach ihr um und grüßten freundlich. Geblieben war der Elisabeth nur das schwarze Haar, und das war auch gefärbt.

Leben die beiden noch? fragte Egon.

In einem Seniorenheim in Schneverdingen, wusste Elvira. Da sitzen sie jeden Abend vor der Leinwand, halten Händchen und sehen „Grün ist die Heide".

In der Lüneburger Heide schien die Sonne, von Überschwemmung keine Spur. Hannes und Walter pflückten einen Strauß Heidekraut, den sie in Himmelschlösschen auf den runden Tisch stellten. Elvira bekam eine Tüte voller Butterpilze. Sonja Ziemann und Rudolf Prack hatten sie nicht getroffen, aber angeblich gab es sie noch, jedenfalls im Film.

Nach Helgoland

Warum kommt ihr so spät? fragte Elvira, als schon alle gegessen hatten und die Suppe kalt war.

Weil die Ebbe sich verspätet hatte und unser Bus warten musste, antwortete Hannes.

Was hat euer Bus mit Ebbe und Flut zu tun?

Weißt du nicht, dass wir per Bus nach Helgoland fahren wollten? fragte Hannes.

Und wir sind auch angekommen, ergänzte Walter.

Wie kann ein Bus nach Helgoland fahren? wunderte sich Elvira.

Hast wohl nicht aufgepasst im Geschichtsunterricht, nörgelte Hannes. Sonst wüsstest du, dass es eine alte Straße vom Festland zur Insel gibt. Die Germanen haben sie gebaut, als Christus noch nicht geboren war. Lauter Wackersteine. Die meiste Zeit steht sie unter Wasser, aber wenn es mal eine gewaltige Ebbe gibt, taucht sie auf, und der Bus kann fahren.

Das mag glauben, wer will, sagte Elvira und kratzte den beiden den Rest aus der Suppenterrine in die Teller.

Die Robben staunten nicht schlecht, als unser Doppeldeckerbus durchs Watt brauste, erklärte Hannes. Die Möwen flogen in Scharen hinter uns her, weil sie dachten, da gibt es was zu fressen.

Wo hat euer Bus auf Helgoland gehalten? fragte Egon. Auf der Düne vor der Insel, antwortete Walter. Weiter geht es nicht, hat der Busfahrer gesagt. Wer auf den Felsen will, muss schwimmen oder mit dem Ruderboot übersetzen.

Wer war schon mal auf Helgoland? fragte Elvira die Runde.

Die meisten hoben die Hand. Sogar Frauen hatten die windige Insel per Schiff besucht und gute Erinnerungen an ihre Reise. Von einer Bustour wusste keiner.

Oben vom Felsen kannst du weit sehen, behauptete Hannes. Rechter Hand liegt England, links grüßt der Hamburger Michel. Der Wind heult, die Möwen schreien, und die Brandung klatscht an den Felsen. So ist das auf Helgoland.

Einer Frau fiel das Lied von der kleinen Möwe ein, die nach Helgoland fliegen wollte. Das sang die Runde, und als sie mit der letzten Strophe durch waren, kam die Flut.

Vom Felsen aus konnten wir sehen, wie das Wasser

25

stieg und stieg, erzählte Walter. Hoffentlich überschwemmt es nicht unseren Bus, dachten wir. Der stand allein auf der Düne, und hundert Meter von ihm entfernt plätscherte das Wasser. Unser Busfahrer war eingeschlafen. Als die Wellen ihn weckten, bekam er es mit der Angst und hat laut gehupt. Aber wir konnten nicht rüber zur Düne, weil das Wasser schon zu hoch stand.

Wie jeder weiß, verschwindet die Flut nach sechs Stunden, erklärte Hannes. Um die Zeit totzuschlagen, setzten wir uns in eine Kneipe und tranken Grog. Ab und zu ging einer raus, um den Wasserstand zu prüfen. Als die Ebbe kam, fuhren wir mit einem Ruderboot zur Düne. Der Busfahrer schlief schon wieder. Wir rüttelten ihn wach, aber fahren ging nicht. Der Bus steckte tief im Dünensand und musste erst freigeschaufelt werden.

Danach ging es mit Karacho Richtung Heimat! Der Busfahrer hupte pausenlos, um Robben und Möwen zu vertreiben. Zu Hause angekommen, fuhr er den Bus gleich in die Waschanlage.

Nun wisst ihr, warum wir so spät zum Essen gekommen sind, erklärte Hannes. Lag alles nur an der Flut.

Zur steinernen Jungfrau

Wo kommt ihr her? fragte Egon.

Das sagen wir nicht.

Dann muss es etwas Unanständiges sein.

Damenbesuch, sagte Hannes und lachte laut. Die Deern saß auf einem Stein und hielt die Füße ins Wasser.

Und sie war ziemlich nackt, fügte Walter hinzu. Als Elvira den Raum betrat, ging Egon zu ihr.

Du musst mit den beiden mal ein ernstes Wort reden, sagte er. Die haben eine Frau besucht, die nackt auf einem Felsen im Wasser saß.

Ist ihnen etwas Schlimmes zugestoßen? fragte Elvira. Zugestoßen oder nicht, es war unanständig, behauptete Egon.

Am runden Tisch rätselten sie, wo sich das zugetragen haben könnte. Wo sitzen Frauen nackt auf einem Felsen im Wasser? Die Loreley konnte es nicht sein. Die saß weiter oben und war auch nicht nackt. Im Hamburger Hafen mag es ab und zu nackte Frauen geben, aber keine Felsen zum Hinsetzen.

Also wieder Helgoland?

Nee, weiter nördlich! schrie Hannes.

War die Frau stumm oder konntet ihr mit ihr reden? wollte Elvira wissen.

Wir haben sie angesprochen. Sie hat auch geantwortet, aber wir verstanden kein einziges Wort, erklärte Walter.

Felsen – Wasser – nackte Frau – wie reimt sich das zusammen?

Wir wollten sie einladen zum Kaffeetrinken, aber sie schüttelte den Kopf, sagte Hannes. Auch in den Tivoli wollten wir sie mitnehmen, nur zum Spazierengehen und Eisessen. Aber nein, sie musste ihre Arbeit erledigen, Tag und Nacht auf einem Felsen sitzen und die Besucher anlachen.

Was macht sie im Winter, wenn Schnee und Eis auf dem Stein liegen? fragte Egon.

Die Deern ist so heiß, in ihrer Nähe hält sich kein Schnee, antwortete Walter.

Auf der Rückfahrt von Kopenhagen haben alle Fahrgäste gerätselt, was es auf sich haben könnte mit dieser Frau, erklärte Hannes. Ein Engel ist vom Himmel gefallen und zu Stein erstarrt, sagten die meisten. Auch der Busfahrer konnte das Rätsel nicht lösen.

Im nackten Zustand sehen alle Frauen gleich aus, sagte er.

Oktoberfest im Norden

Wie seht ihr denn aus? wunderte sich Egon, als Hannes und Walter das Haus betraten. Sie trugen kurze Lederhosen, rot karierte Hemden und eine Seppelmütze auf dem Kopf.

Die beiden setzten sich an den Essenstisch, wollten aber das, was Elvira ihnen servierte, nicht zu sich nehmen. Stattdessen holten sie ein paar Brezeln, mehrere Kringel Weißwurst und einen Topf Sauerkraut aus ihrem Rucksack.

Haben uns die bayerischen Freunde mitgegeben, damit wir auch mal was Ordentliches zu essen bekommen, meinte Walter.

Sie erzählten von Umzügen durch die Stadt, von Posaunenchören und dem Tanz draller Frauen auf offener Bühne. Sie versuchten auch, Hannes und Walter das Jodeln beizubringen, hat aber nicht geklappt.

Wollten sie euch nicht dabehalten? fragte Elvira.

Von wegen dabehalten, die kommen zu uns, sagte Hannes. Das nächste Oktoberfest wird in Himmelschlösschen gefeiert. Aber nicht im Oktober, sondern als Julfest im Dezember.

Nun war die Aufregung groß. Die Bayern kommen in den Norden! Es ist doch viel zu kalt für die. Und die vielen Stürme. Sie werden sich erkälten!

Sie rätselten hin und her. Mit wie vielen rechnet ihr? fragte Egon.

Zwei Dutzend werden es wohl sein. Ohne diese Zahl gehen sie nicht auf Reisen, erklärte Walter.

Und wo sollen sie schlafen? Passt nur auf, dass sie nicht ins Wattenmeer laufen. Können die überhaupt schwimmen? Und wie sollen wir ihre Sprache verstehen?

Wegen der Sprache braucht ihr keine Angst zu haben, sagte Hannes. Wenn sie langsam reden, sind sie gut zu verstehen.

Ein Fass Bier musst du besorgen, Elvira! rief Walter. Ohne Bier geht bei denen gar nichts. Essen bringen sie mit, aber Bier müssen wir liefern.

Und wie ist es mit Musik? Bringen die ihre Kapelle mit? wollte Egon wissen.

Nein, der Oberste in Bayern hat gefragt, ob unsere Feuerwehrkapelle nicht den bayerischen Defiliermarsch einüben kann.

Sie redeten den ganzen Abend über das Oktoberfest

im Dezember. Elvira hörte sich das eine Weile an, dann sagte sie:

Da wird nichts draus: Oktoberfest in Himmelschlösschen erlaubt die Polizei nicht. Wir können einen Bus für Anfang September bestellen und damit nach Poggendiek fahren. Da feiern sie auch Oktoberfest.

Zum stillen Don

Heute fahren wir in den Krieg, verkündete Walter morgens um halb sieben.

Wo gibt es Krieg? wunderte sich Elvira.

Na, siehst du nicht Fernsehen? antwortete Hannes. Da zeigen sie Krieg von morgens bis abends.

Und welchen Krieg wollt ihr besuchen? fragte Egon.

Afrika und Arabien sind zu weit für unseren Bus, meinte Hannes. Wir haben an den stillen Don gedacht. Das ist ein breiter Fluss, der von Nord nach Süd durch Russland fließt. Früher war er still, aber heute geht es am Don laut her.

Und da kommt man mit dem Bus hin?

Bis Warschau per Bus, von dort weiter mit der Eisenbahn, das letzte Stück mit einem Panzer.

Sie werden euch die Ohren abschießen, behauptete Egon.

Wir wollen nicht kämpfen, nur zuschauen! rief Hannes. Wir haben genug vom letzten Krieg. Wir fahren als Reporter zum stillen Don und können danach aller Welt berichten, wie es dort zugeht.

Ihr habt ja nicht mal eine Kamera, bemerkte Elvira.

Was brauchen wir Kameras? Wir haben doch Augen, erklärte Walter.

Gibt es keinen anderen Krieg, wo es gemütlicher zugeht? wollte Elvira wissen.

Nach Syrien kriegt uns keiner und zum Irak auch nicht. Da ist es viel zu heiß.

Sie rätselten hin und her, wo es einen gemütlichen Krieg geben könnte, fanden aber keinen. Korea lag ihnen zu weit entfernt. Außerdem lagerten dort zu viele Raketen.

Besucht Verdun, schlug Egon vor. Auf einem Friedhof ist es stiller als am stillen Don, und ihr könnt in Ruhe studieren, wie Krieg geht.

Auf dem Balkan kommt auch ab und zu Krieg vor, meinte Elvira. Fahrt nach Sarajevo und erzählt uns, wie der österreichische Thronfolger umgebracht wurde. Vor hundert Jahren fing da ein großer Krieg an.

Walter fand noch das Reiseziel Tannenberg. Da wollte er sich auf dem Weg zum stillen Don mit dem alten Hindenburg treffen.

Während sie über Tannenberg und den alten Hindenburg redeten, kam Elvira an ihren Tisch.

Der Bus ist da, sagte sie.

Sie sprangen auf und rannten zur Haltestelle in den Garten.

Tannenberg gibt es nicht mehr, erklärte der Busfahrer. Außerdem ist mein Bus für eine Fahrt in den Krieg nicht zugelassen. Ich müsste ihn vorher durch den Kriegs-TÜV bringen.

Nach Helgoland konntest du fahren, schimpfte Hannes. Aber vor dem Krieg hast du Angst.

Besucht die Düppeler Schanzen, da war Krieg genug, schlug der Busfahrer vor.

Das Wunder von Bern

Sie taten sehr geheimnisvoll. Der Ball ist rund, sagte Hannes beim Frühstück und ließ das Salzfass über den Tisch kullern.

Wenn der Bus nicht bald kommt, verpassen wir den Anstoß, meinte Walter.

Habt ihr Eintrittskarten? wollte Egon wissen.

Brauchen wir nicht, wir gehen als Reporter! rief Hannes.

Sie zogen an, was sie für passend hielten. Pudelmütze auf dem Kopf, einen Schal in den Farben Schwarz-Rot-Gold um den Hals, Trainingshosen, wie der Herberger sie trug, wenn er mit den Jungs auf dem Rasen tobte.

Walter hatte eine Fahne besorgt, die er zum Anfang des Spiels flattern lassen wollte. Vorerst trug er sie zusammengerollt in einer Plastiktüte zum Bus.

Zweimal Wankdorfstadion und zurück, sagte Egon, der die beiden zur Haltestelle begleitet hatte.

Da unten ist Regenwetter, gab der Busfahrer zu bedenken. Bleibt lieber zu Hause und hört euch das Spektakel im Radio an.

Geht nicht, weil wir als Reporter dabei sein müssen, antwortete Hannes.

Na, ihr werdet euch wundern, grummelte Egon, als der Bus um die Kurve fuhr Richtung Bern.

Im Wankdorfstadion Regen, in Himmelschlösschen Sonnenschein. Elvira hörte das „Wunder von Bern" im Radio. Als das Ergebnis feststand, kaufte sie eine Fahne und stellte sie auf den Essenstisch.

Die meisten Bewohner von Himmelschlösschen hatten mit Fußball nicht viel im Sinn, wollten aber doch auf die Heimkehr der Helden von Bern warten, um aus erster Hand zu hören, wie der Rahn das angestellt hatte mit dem letzten Tor.

Mitternacht war vorüber, als der Bus endlich vor der Tür hielt. Olé, olé, olé, sangen Hannes und Walter.

Ihr seid ja betrunken, schimpfte Elvira.

Das kannst wohl sagen! rief Walter. Der Sepp hat seinen Jungs Sprit gegeben, sonst hätten die es gegen Ungarn nie geschafft. Wir haben auch einen Schluck abbekommen.

Hannes holte einen Ball aus der Plastiktüte und schoss ihn gegen die Decke. Das knallte so laut, dass alle Anwesenden aufschreckten und die schon Schlafenden aus den Betten fielen.

So hat der Rahn das gemacht, erklärte Hannes. Getrunken hat er erst nach dem Spiel.

Schade, dass wir den Zimmermann nicht getroffen haben, sagte Walter. Der konnte so laut reportern. Aber er ist zu früh gestorben. Dafür lief uns der Franzl über den Weg.

Der Beckenbauer war doch noch ein kleines Kind, als sie im Wankdorfstadion spielten, wunderte sich Egon.

Sie hatten ihn als Balljungen eingesetzt. Er musste die Bälle holen, die über Tureks Tor flogen. Einen hat er uns gegeben, erklärte Hannes und schoss den Fußball noch einmal an die Decke.

Als sie wieder anfingen, Olé zu singen, schickte Elvira sie ins Bett. Nun ist genug mit dem Wunder von Bern, so viel Aufregung um einen Ball kann einen Menschen krank machen, sagte sie.

Die Regenschauer von Bern erreichten am frühen Morgen Himmelschlösschen. Die beiden saßen verkatert am Frühstückstisch. Das schwarz-rot-goldene Tuch hing über Elviras Stuhl.

Du sollst auch etwas haben vom Wunder von Bern, sagte Hannes zu ihr.

Wundere mich bloß, wie ihr an einem Tag mit dem

Bus nach Bern und zurück fahren konntet, erklärte Egon.

Das ging ganz einfach, antwortete Walter. Unser Bus fuhr bis zum Hamburger Michel. Dort stiegen wir in eine Barkasse, die uns übers Wasser brachte, direkt auf das erleuchtete Schild zu „Das Wunder von Bern". Sie spielen das Stück schon viele Jahre. Alle sind dabei, der Sepp und der Rahn, der Fritz und der Otmar, sogar der Zimmermann lebt noch.

Der Eiserne Kanzler

Heute fahren wir zu Otto, sagte Walter.

Wollt ihr den Spaßmacher in Ostfriesland besuchen? fragte Egon.

Nein, den anderen Otto in Friedrichsruh.

Den findet ihr auch im Hamburger Hafen, meinte Egon. Da steht er auf einem Felsen und sieht zu, wie die Schiffe ein- und auslaufen.

In Friedrichsruh sind seine Hunde, da liegt auch sein Grab, das wollen wir besuchen. Heute ist nämlich sein Geburtstag, erklärte Hannes.

Sie ließen sich nicht aufhalten und machten sich per Bus auf den Weg nach Friedrichsruh. Als Geburtstagsgeschenk nahmen sie eine Pickelhaube mit, die wollten sie an sein Grabkreuz hängen.

In Himmelschlösschen rätselten sie, wie das ausgehen wird. Seine Hunde werden über die beiden Landstreicher herfallen, wenn sie an sein Grab treten. Es werden auch Wachsoldaten auf dem Friedhof stehen und den beiden Löcher in den Bauch schießen. Aus der Tiefe wird seine Stimme ertönen.

Egon ging zu Elvira in die Küche.

Du musst eine Flasche Bismarck-Korn spendieren, sagte er.

Elvira schüttelte den Kopf. Die kriegen keinen Korn und du auch nicht.

Egon spazierte im Garten auf und ab und fragte jeden, den er traf: Was weißt du vom alten Bismarck?

Seine Pickelhaube und die langen Schaftstiefel kannten alle, auch der Schnauzbart war in Erinnerung und die vielen im Land verstreuten Bismarck-Steine und Bismarck-Denkmäler, von den Bismarck-Straßen ganz zu schweigen. Reitend zu Pferde hatten sie ihn oft gesehen, denn er wollte immer hoch hinaus.

Margarete behauptete, es gebe im fernen Amerika eine Stadt mit Namen Bismarck, aber das glaubte ihr keiner, denn der Eiserne Kanzler war nie über den großen Teich gefahren.

Sie redeten sich alles, was sie von diesem Bismarck wussten, vom Herzen und warteten auf die Heimkehr der beiden Bismarckreisenden.

Betrunken kamen sie nicht nach Hause, nur ein wenig niedergeschlagen. Nicht einmal in Friedrichsruh hatte es Bismarckkorn gegeben.

Seine Hunde sind längst tot, sagte Hannes. Kein Pferd weit und breit, der Grabstein voller Grünspan, und in dem Park, in dem er mit seinen Hunden spazieren gegangen ist, haben sie einen Schmetterlingsgarten eingerichtet. So ein Eiserner Kanzler war das.

Zum guten Ende spendierte Elvira doch noch eine Flasche: Bismarck-Sprudelwasser.

Zum blonden Hans

Wohin geht die Reise? fragte Egon die beiden Alten.

Zum blonden Hans.

Der ist schon lange tot.

Das denkst du! rief Hannes. Ein Kerl wie Hans Albers kann gar nicht sterben, der lebt ewig.

Egon holte eine Mundharmonika aus der Jackentasche, stellte sich an die Haltestelle und fing an zu spielen.

Das ist nicht von Hans Albers! schrie Walter.

Ist es doch, antwortete Egon. Als er zur See fuhr, hat er „Junge, komm bald wieder" gesungen.

Du meinst den anderen, mischte sich Hannes ein. Unser Hans hat niemals von einem Jungen, sondern immer nur von den Möwen gesungen.

Da sind sie! rief Walter und zeigte zum Acker hinter dem Haus, über dem eine Möwenschar kreiste. Die wollen uns den Weg zeigen.

Elvira kam in den Garten, um nach dem Rechten zu sehen. Die beiden wollen zu Hans Albers, erklärte Egon.

Bestellt man schöne Grüße, rief Elvira.

Wer zu Hans Albers will, muss eine Buddel Rum mitnehmen, sagte Hannes. Vielleicht kannst du uns eine Flasche mit auf den Weg geben, Elvira?

Ihr wisst doch, dass es in Himmelschlösschen keinen Rum gibt, antwortete sie.

Dann fragen wir den Busfahrer, sagte Walter. Busfahrer haben immer eine Reserveflasche im Rucksack. Wenn das Benzin zur Neige geht, fahren sie mit Rum.

Egon hatte den Einfall, die beiden nach Hamburg zu begleiten. Hannes stieß Walter an:

Den nehmen wir nicht mit, flüsterte er. Der trinkt uns den Rum aus und bringt es fertig, unserem Hans Albers „Junge komm bald wieder" auf der Mundharmonika vorzuspielen.

Elvira, nimm den Egon ins Haus zum Kartoffelnschälen, wir können ihn nicht gebrauchen, sagte Walter.

Wo wollt ihr aussteigen? fragte Elvira.

Soviel ich weiß, ist Spielbudenplatz die richtige Adresse für Hans Albers, antwortete Hannes.

In der Gegend könnt ihr leicht unter die Räder kommen, meinte Elvira.

Wenn du die schlimmen Frauen meinst, von denen

sind wir längst ab. Vielleicht spekuliert Egon noch darauf, dass ihm eine über den Weg läuft, darum nimm ihn mit in die Küche zum Kartoffelschälen!

Ich will nicht zu Hans Albers, sondern zu Lale Andersen! schrie Egon.

Das ist noch schlimmer, bemerkte Hannes. Die Lale steht nächtelang vor dem Kasernentor und singt. Wenn ihr einer zu nahe kommt, erscheint der Wachposten und nimmt den Kerl mit in die Kaserne.

Die Lale Andersen ist auch so eine wie die Loreley, erklärte Walter. Nur steht sie vor der Kaserne, während die andere auf einem Felsen am Wasser hockt.

Als der Bus kam, sprang Egon auf, um einzusteigen. Hannes und Walter blickten sich an.

Heute nicht, sagte Hannes. Wir fahren erst morgen, oder ist morgen Sonntag?

Egon fuhr allein in die Stadt, kam aber abends rechtzeitig zur Hans-Albers-Gedenkfeier nach Hause. Er spielte auf seiner Mundharmonika das Lied von der kleinen Möwe. Die Frauen sangen ohne aufzuhören, sie konnten gar nicht genug kriegen von Hans Albers. Schließlich, als es dunkel wurde, tauchte doch noch eine Buddel Rum auf.

Hat mir Hans Albers geschenkt, sagte Egon.

Wo die Hunde mit dem
Schwanz bellen

Auf der Wiese hinterm Gartenzaun rumorte ein Traktor. Hannes und Walter sprangen auf, weil sie dachten, der Bus käme. Kam aber nicht.

Lauft nicht auf die Straße, es wird gleich regnen! rief Elvira. Wenn es regnet, sind wir längst im Bus, antwortete Walter. Im Gewitter fahren keine Busse, meinte Elvira.

Was verstehst du von Bussen, Elvira? rief Hannes. Im schlimmsten aller Winter ist unser Bus durch zwei Meter hohen Schnee gefahren. Und im Krieg fuhren die Busse direkt an die Front. Busse können das.

Egon kam von seiner Runde durch den Garten zurück, legte seine Krücke auf die Bank und sagte: Ich werde auch eine Busreise unternehmen.

Wohin soll das gehen? fragte Hannes. Nach Buxtehude.

Nach Buxtehude fährt kein Bus, es ist zu gefährlich, weil da die Hunde mit dem Schwanz bellen, meinte

Walter. Außerdem passen Leute mit Krücken nicht in unseren Bus. Und Geld für 'ne Fahrkarte hast du auch nicht.

Habt ihr denn Geld? wollte Egon wissen.

Hannes griff in die Tasche und legte eine Handvoll Scheine auf die Gartenbank.

Das ist Geld vom letzten Krieg, sagte Egon. Die Scheine könnt ihr ins Scheißhaus tragen.

Er humpelte weiter, drehte sich nach ein paar Schritten um und fragte, ob er ihnen ein Mensch-ärgere-dich-nicht-Spiel bringen sollte.

Wir warten auf den Bus und brauchen kein Mensch-ärgere-dich-nicht! rief Hannes ihm nach.

Als es zu donnern anfing, blickten beide zum Himmel. Es wird Zeit, dass der Bus kommt, sagte Walter.

Wenn der Blitz einschlägt, steht unsere Haltestelle in Flammen, meinte Hannes. Wenigstens die Fahrpläne sollten wir in Sicherheit bringen.

Soviel ich weiß, schlagen Blitze niemals in Busse ein, erwiderte Walter. Busse können bei jedem Wetter fahren.

Als der Regen einsetzte, holte Elvira sie ins Haus. Morgen könnt ihr fahren, sagte sie.

Morgen ist Sonntag, da fährt kein Bus, antwortete Walter.

Nein, morgen ist Samstag, da fahren viele Busse, erklärte Elvira.

Sie trug die Holzbank in den Lagerraum, nahm die Fahrpläne ab, damit sie nicht im Regen aufweichten. Es könnte ja sein, dass ein Blitz in die Haltestelle einschlägt.

Du musst Egon davon abhalten, nach Buxtehude zu fahren, sagte Hannes zu ihr. Der gerät unter die Hunde und kommt nie wieder. Schick ihn nach Cuxhaven, das kling so ähnlich.

Polizeibesuch

Das hatten sie noch nie erlebt: Eines Morgens standen zwei Polizisten vor der Tür und fragten nach einem gewissen Walter Kurbjuhn.

Der ist mit dem Bus in die Harzer Berge gefahren, am Abend wird er zurück sein, gab Elvira Auskunft.

Er soll sich bei der Polizei melden, es ist dringend.

Worum geht es? fragte Elvira.

Das dürfen wir nicht sagen, antwortete einer der Polizisten. Wenn er uns besucht hat, kann er euch alles erzählen.

In Himmelschlösschen begann ein großes Rätselraten. Egon sprach von einem Raubüberfall. Nicht Walter sei überfallen worden, sondern er soll einer Frau die Handtasche gestohlen haben.

Ihr seid verrückt! schimpfte Hannes. Walter kommt keiner Frau so nahe, dass er ihr die Handtasche stehlen kann.

Zu denken wäre auch an einen Todesfall in der Familie. Walter hat keine Familie, behauptete Elvira.

Egon brachte den Schnaps ins Spiel. Der Kerl hat

eine Buddel Rum ausgetrunken und im Suff etwas angestellt, das der Polizei nicht gefiel.

Nach einer Buddel Rum kannst du nichts mehr anstellen, meinte Hannes. Da liegst du im Graben und hörst die Lerchen singen.

Du musst es doch wissen, drängten sie Hannes. Du bist jeden Tag mit ihm zusammen. Was ist da vorgefallen?

Allein trinkt er nie, meinte Hannes. Und einer Frau die Handtasche stehlen, eher geht er ins Kloster.

Vielleicht hat er in seiner Jugendzeit irgendetwas Verrücktes angestellt, meldete sich eine Frau, die sonst nie etwas sagte. Auf einmal kommt es ans Tageslicht, und die Polizei steht vor der Tür.

Die Jugendzeit ist verjährt, behauptete Hannes.

Ob er eine Frau vergewaltigt hat? fragte Egon.

So wild ist der Walter nie gewesen, wusste Hannes. Er tippte eher auf Fahrerflucht. Vor langer Zeit, als Walter noch mit dem Auto zur Arbeit fuhr, hat er vielleicht einen Unfall gebaut und ist abgehauen. Nun ist es rausgekommen.

Den ganzen Tag sprachen sie über Walter Kurbjuhn und die Polizei. Sie dachten sich die sonderbarsten Geschichten aus, und als er am Abend aus dem

Harzgebirge zurückkehrte und Himmelschlösschen betrat, spürte er gleich, dass irgendetwas in der Luft lag. Sie starrten ihn sonderbar an, keiner fragte nach dem Wetter in den Harzer Bergen.

Als Elvira ihm den Suppenteller hinschob, sagte sie leise: Die Polizei hat nach dir gefragt.

Walter lachte. Lass dir man Zeit, ist auch ein Walzer! rief er. Die Polizei kann warten.

Er löffelte den Teller aus, bestellte noch einen zweiten Schöpflöffel Suppe, bevor er die Geschichte erzählte.

Ihr wisst doch, dass vor einem Jahr die Scheune des Bauern Struwe abgebrannt ist. Mitten im Feuerschein ist einer aus dem Scheunentor geflüchtet. Ich hab den Kerl von Weitem gesehen. Nun will die Polizei wissen, wie er ausgesehen hat. Aber das hat Zeit bis Morgen.

Butterfahrt

Sag mal, Elvira, wie viel Butter verbrauchen wir in Himmelschlösschen pro Woche?

Elvira fing an zu rechnen und kam auf ungefähr sieben Kilogramm.

Eine Monatsration schaffen wir leicht, meinte Hannes. Wir wollen eine Butterfahrt nach Dänemark unternehmen und brauchen zum Einkaufen etwas Geld.

Ist dänische Butter besser als unsere? fragte Egon.

Nicht besser, aber billiger, antwortete Walter. Sie sieht schön gelb aus, was von den vielen Butterblumen kommt, die die Kühe in Dänemark fressen.

Noch vor Sonnenaufgang standen sie an der Haltestelle.

Frühstück brauchen wir nicht, wir fahren zum dänischen Smörrebröd, meinte Walter.

Ab ging der Bus Richtung Flensburg. Die Grenze stand offen, es sah so aus, als freuten sich die Dänen über jeden, der zum Butterkaufen in ihr Land kam.

Mehr als fünfundzwanzig Kilo pro Nase geht nicht, sagte der deutsche Grenzbeamte. Sonst kostet es Zoll.

Sie wurden von Buden und Baracken empfangen, in denen die gelbe Butter auslag. Sie bekamen einen Löffel zum Probieren. Schmeckte wirklich wie Butter.

Sie zahlten mit deutschem Geld, das Elvira ihnen mitgegeben hatte. Die Dänen nahmen die Mark gern an. Sie war das einzige, das sie an den Deutschen leiden mochten. In zwei Tüten trugen sie die Ladung zum Bus und wunderten sich, wie viele Mitfahrer mit Butterpaketen ankamen. Der ganze Bus roch nach Butter.

Hannes bat den Fahrer, die Kühlung einzuschalten, damit die Butter nicht wegläuft.

Auf der Rückfahrt drehte sich alles um die gelbe, dänische Butter. Wenn sie dazu noch gelbes, dänisches Brot bekommen hätten, wäre es eine glückliche Heimfahrt gewesen.

Als die Butterfahrer in Himmelschlösschen ankamen, war es schon dunkle Nacht. Hannes und Walter schleppten die Butter in die Küche, räumten den Kühlschrank leer und gaben die fünfundzwanzig Kilo ins Kältefach.

Elvira erschien, um sich die Butterbescherung anzusehen. Sie schickte die beiden ins Bett, weil sie

Ordnung im Kühlschrank schaffen und am Back-
ofen arbeiten wollte.

Am Morgen zog Kuchenduft durch Himmelschlösschen. Auf dem Frühstückstisch lag Butter-
kuchen, schön gelb von den dänischen Butterblumen.

Zu den Denkmälern

Wir werden Erich besuchen. Welchen Erich?

Den aus der DDR.

Der lebt doch nicht mehr.

Aber er hat ein Denkmal in Berlin, und seine Frau, die Margot, spielt da die Fremdenführerin und erklärt den Leuten, was der Erich angestellt hat. Singen kann sie auch. Wenn sie den Leuten „Brüder zur Sonne zur Freiheit" vorsingt, fangen sie an zu weinen.

Wenn ihr alle Denkmäler abklappern wollt, habt ihr viel zu tun, meinte Elvira.

Nicht alle! rief Walter. Zum Adolf fahren wir nicht, und mit Lenin haben wir auch nichts im Sinn.

Ich mag keine Denkmäler, brummte Egon. Leute, die sich in Stein hauen lassen, taugen nichts. Das ist meine Meinung.

Den Karl Marx werden wir auch besuchen, wenn es ihn noch gibt, erklärte Hannes. Der hat einen vollen Backenbart, das Schönste von ihm sollen seine drei Töchter sein.

Bismarck-Sprudelwasser brauchen wir nicht!

schimpfte Hannes. Beim Erich gibt es Mauer-
schnaps oder Grenzlikör.

Weißt du, ob es in der Berliner Gegend ein Denkmal
für Napoleon gibt? wandte sich Hannes an Elvira.

So etwas kommt nur in Paris vor, antwortete sie.

Wundere mich bloß, warum sie Hans Albers kein
Denkmal gesetzt haben, grummelte Egon.

Haben sie doch! rief Hannes. Irgendwo in Hamburg
steht Hans Albers auf dem Sockel und blickt über
das Wasser. Die Möwen scheißen ihm auf den
Kopf, jede Woche muss einer mit dem Schrubber
kommen und das Denkmal säubern.

Ob es für Josef Stalin auch ein Denkmal gibt?
wollte Egon wissen.

Um Stalin zu sehen, müsst ihr nach Asien fahren,
erklärte Elvira. Da ist er auf die Welt gekommen,
da halten die Leute seine Denkmäler in Ehren.

In Asien auf die Welt gekommen, aber in Europa
rumort, schimpfte Egon. So einer war das.

Einen schönen Bart hatte er ja, wusste Walter.

Schade, dass an seinen Händen so viel Blut klebt.

Wer zu Stalin reist, muss auch zum Adolf fahren,
schlug Egon vor. Die beiden waren vom gleichen
Kaliber.

Da müssen wir noch ein paar Jahre warten, sagte Elvira. Irgendwann werden die Österreicher Adolf-Denkmäler errichten, nicht weil sie immer noch an ihn glauben, sondern weil es gut ist für den Tourismus.

Ach, Elvira, du weißt immer alles besser, brummte Hannes. Irgendwann werden wir dir auch ein Denkmal setzen, direkt neben unserer Haltestelle. Aber erst, wenn wir tot sind.

Frische-Luft-Festival

Mit solchem Lärm waren sie noch nie nach Hause gekommen. Es klang wie ein alter Dreschkasten bei der Arbeit. Oder eine Militärkapelle, die mit verspaakten Instrumenten spielte. Eine Melodie ließ sich nicht erkennen, es dröhnte nur laut, und mitten durch den Lärm marschierten Hannes und Walter mit dem Kapellmeister vor die Haustür.

Wir mussten die beiden retten, sagte der Kapellmeister zu Elvira, sonst wären sie im Modder untergegangen.

Wo gibt es hier Modder? fragte Egon.

Habt ihr noch nie etwas von unserem Open-Air-Festival gehört? fragte der Kapellmeister. Das findet auf einer Wiese statt, und bei schlechtem Wetter steht da das Wasser.

Das heißt auf Deutsch „Fest der Frischen Luft"! rief Walter. Ihr könnt doch gar nicht singen, mischte sich Egon ein.

Wir wollten das Konzert unserer Feuerwehr hören, weiter nichts, sagte Hannes.

Der Kapellmeister erzählte Elvira von den Stücken,

die sie gespielt hatten, und wie die beiden am Ende im Gewühl auf dem Festplatz untergingen. Dann kam der Regen.

Wir auf der Bühne hatten ein Dach über dem Kopf, aber die Zuhörer auf der Wiese versanken im Schlamm.

Elvira holte Hannes und Walter ins Haus. Mein Gott, was für ein Anblick! Die Hosen feucht, die Stiefel voller Dreck, die Kopfhaare hingen nass über beide Ohren.

Nichts anfassen, nicht hinsetzen! befahl sie und führte die beiden in den Duschraum.

Während sie sich reinigten, bat sie den Kapellmeister, etwas Ordentliches zu spielen, das auch in Himmelschlösschen gern gehört wurde. Der ging zu seinen Leuten vor die Tür, hob den Taktstock, und durch Türen und Fenster erklang „Rosamunde". Das war ordentlich genug.

Zum Abmarsch spielten sie noch „Einmal am Rhein". Danach wurde es still in Himmelschlösschen.

Als Hannes und Walter wieder auftauchten, beide sauber und trocken, wurden sie mit „Rosamunde" empfangen.

Wir dachten, es geht um frische Luft im Wiesen-
grund, erklärte Walter. Keiner hat uns gesagt, dass
das Ganze im Schlamm enden kann.

Ein Problem gab es noch: Sie konnten nicht mehr
ordentlich hören; der Lärm von Open Air war ihnen
auf die Ohren geschlagen. Als die Frauen beim
Abendessen das Lied „Im schönsten Wiesengrunde" anstimmten, schüttelte Hannes den Kopf.

Ihr habt gut Lachen, in unserem Wiesengrunde gab
es weiter nichts als Dreck.

Es wurde noch ein gemütlicher Abend mit Gesang
am runden Tisch, bis ein Polizeiauto vorfuhr.

Zwei Polizisten betraten das Haus und blickten
ernst in die Runde. Eine Anzeige lag vor. Zwei alte
Männer seien aus einem Altersheim verschwunden
und im Gewühl des Festivals untergegangen. Sie
wollten wissen, ob die beiden Ausreißer zu Himmelschlösschen gehörten.

Elvira zählte die Runde ab.

Hier fehlt keiner, sagte sie.

Da legten die Polizisten die Hand an die Mützen
und gingen an die frische Luft.

Der Rote Karl

Wir haben den Roten Karl besucht! rief Walter.

Wer ist das denn? fragte Egon. Soviel ich weiß, ist Karl Marx schon lange tot.

Nein, den anderen Karl, erklärte Hannes. Der lebt in einem großen Zelt in den sächsischen Bergen und hat sogar Fernsehen.

Und warum ist er rot? wollte Egon wissen.

Weil er es mit den Indianern hält, antwortete Walter. Der hat sogar eine indianische Frau, die ihm jeden Tag am Lagerfeuer das Essen kocht. Sie heißt Winnetua und ist die Schwester Winnetous.

In welcher Sprache habt ihr euch unterhalten? fragte Elvira.

Auf Sächsisch, antwortete Hannes. Der Karl ist in Sachsen geboren und hat uns verraten, nie die Indianer besucht zu haben.

Und wie ist er zu der indianischen Frau gekommen? wollte Egon wissen.

Die ist nicht indianisch, meinte Hannes. Er hat sie aus Rumänien kommen lassen. In Sachsen gab sie kräftig Farbe ins Gesicht, zog indianische Kleider an, und Karl brachte ihr den Indianertanz bei. Geht der Rote Karl nicht mehr auf Reisen? fragte Elvira.

Er will noch einmal durchs wilde Kurdistan reiten und von Bagdad nach Stambul fahren, erklärte Hannes. Aber im Augenblick ist ihm die Gegend zu gefährlich, weil sie da nicht mit Pfeil und Bogen schießen, sondern mit schwerer Artillerie.

Hat er ein Pferd? fragte Egon.

Der Rote Karl hat noch nie auf einem Pferd gesessen, behauptete Walter. Am liebsten ist er per Fahrrad unterwegs. Sein Rad nennt er Mustang, mit ihm kann er bergab an die fünfzig Stundenkilometer fahren.

Es meldete sich eine Frau, die sonst nie den Mund auftat, und sagte: Ich hab auch mal eine Indianerin gespielt und mit Winnetou getanzt. Das war auf einem Schulfest in Hasenwinkel.

Egon schlug vor, auch in Himmelschlösschen ein Indianerfest zu veranstalten. Jeder muss sich verkleiden und das Gesicht anmalen, abends im Garten tanzen unsere Frauen ums Lagerfeuer.

Geht nicht, entschied Elvira. Das kostet zu viel rote Farbe, und Lagerfeuer im Garten erlaubt die Polizei nicht.

Zum Alten Fritz

Heute besuchen wir Piepenfritz. Wer ist das denn?
Na, der Alte aus Potsdam. Raucht er Pfeife?
Nee, er spielt Flöte, darum heißt er Piepenfritz. Der
ist schon dreihundert Jahre tot, sagte Egon.
Macht nichts, antwortete Hannes. Wir haben eine
Einladung von ihm, und wir fahren hin.
Seid ihr überhaupt Preußen? mischte Egon sich ein.
Walter ist Preuße, ich bin ein Holsteiner aus Bullerbü, sagte Hannes. Das sollte langen für Piepenfritz.
Sollen wir etwas mitbringen aus Potsdam? fragten
sie Elvira.
Die überlegte lange, entschied sich schließlich für
den dreizackigen Hut, den der Alte Fritz getragen
hatte. Den wollte sie in Himmelschlösschen über
die Tür hängen, und jeder der vorbeigeht, sollte den
preußischen König grüßen.
Vergesst nicht, einen Blumenstrauß für seine Frau
mitzunehmen, sagte Egon.
Von einer Frau haben wir nie gehört, erklärte Walter. Es wird gesagt, dass er Frauen nicht mochte.

Eine Angetraute hatte er, aber die durfte nicht mal seine Hunde füttern, und er hat sie mit Sie angeredet.

Wisst ihr, wie sein Schloss heißt? fragte Elvira. Den Namen müsst ihr euch merken, sonst kommt ihr nicht rein.

Na, die Adresse wird doch wohl im Telefonbuch stehen, meinte Walter. Ohne-Sorgen, erklärte Elvira.

Wie kann ein Mensch, der drei gewaltige Kriege auf dem Gewissen hat, sein Schloss Ohne-Sorgen nennen? wunderte sich Hannes.

Was gab es noch in Potsdam zu bedenken? Vergesst den Müller nicht, rief Egon ihnen nach. Wer ist das denn?

Der Müller von Sanssoucis hat den Alten Fritzen fix geärgert, weil er seine Mühle Tag und Nacht klappern ließ und Piepenfritz nicht in den Schlaf finden konnte, erklärte Egon.

Da hat er wohl eine Kanone abgefeuert und die Mühle in Brand geschossen, meinte Hannes.

Hat er nicht. Er ging zu Gericht, und der Richter sprach ein Urteil, auch Könige müssten das Klappern von Mühlen aushalten. Seitdem gibt es Recht und Ordnung in Preußen.

Aber Preußen existiert doch gar nicht mehr, sagte Hannes.

Das ist ja das Unglück, meinte Walter. Weil es kein Preußen mehr gibt, geht bei uns alles drunter und drüber.

Jetzt weiß ich auch, warum der Alte Fritz so oft in den Krieg gezogen ist, sagte Hannes. Weil der Müller ihm die Ohren vollgeklappert hat und er seine Ruhe haben wollte.

In den Schlachten klappert es doch auch, bemerkte Egon.

Aber nicht Tag und Nacht. Bei Dunkelheit hören die Kanonen auf zu donnern, und der König geht schlafen.

Wundert mich bloß, warum ein großer König sich das Mühlenklappern hat gefallen lassen, sagte Hannes.

Was sollte er machen? Er hatte den Richter eingesetzt, die Mühle war preußisch und der Müller auch. Also musste auch ein preußischer König das Urteil befolgen.

Drei Tage blieben sie fort. Bei der Rückkehr trug jeder einen Orden am Rockaufschlag.

Hat uns der Alte Fritz geschenkt, sagte Hannes.

Egon hielt seine Nase an die Orden.

Riecht gewaltig nach Pfefferkuchen, meinte er.

Gab es in Sanssoucis auch etwas zu essen? fragte Elvira.

Wir saßen in seiner Tafelrunde, rauchten seinen Pfeifentabak und sprachen über die Schlacht von Leuthen, erzählte Walter. Die Jagdhunde leckten uns die Hände, und der Alte Fritz spielte uns auf der Flöte den Hohenfriedberger vor.

Kommt bald wieder! rief er, bevor er in seinem Mausoleum verschwand.

Beim Abendessen am runden Tisch sangen sie für die beiden Heimkehrer: „Es klappert die Mühle am rauschenden Bach".

Die sandige Insel

Sylt ist eine Reise wert.

Kommt man da mit dem Bus hin? fragte Egon.

Sind wir mit dem Bus nach Helgoland gefahren, werden wir es auch bis Westerland schaffen, antwortete Walter.

Wer war schon mal auf Sylt? fragte Hannes am Frühstückstisch.

Es meldete sich eine Frau, von der sie noch nie ein Wort gehört hatten.

Als kleines Mädchen bin ich auf Sylt gewesen, nicht um zu baden, sondern als Flüchtling.

Elvira, weißt du, ob es auf Sylt Flüchtlinge gegeben hat? rief Hannes.

Nach dem Krieg war die Insel voller Flüchtlinge, erklärte Elvira. In den vielen Ferienhäusern, die die meiste Zeit des Jahres leer standen, konnte man sie gut unterbringen. Leider konnten die meisten Flüchtlinge nicht schwimmen. So ist es vorgekommen, dass einige bei Ebbe ins Watt liefen und bei Flut ihnen das Wasser bis zum Hals stand.

Die Frau wollte Hannes und Walter auf ihrer Reise

zur Insel begleiten, aber das ließen die beiden nicht zu.

Weil du nicht schwimmen kannst, ist es zu gefährlich, sagte Walter. Wenn wir zurückkommen, erzählen wir dir alles von Sylt. Vielleicht finden wir noch die Sandkiste, in der du gespielt hast.

Sie verlebten einen sonnigen Tag auf der Insel. Die Möwen kreischten, die Brandung plätscherte vor sich hin, und am Ufer buddelten die Flüchtlingskinder im Sand. Bevor sie wieder in den Bus stiegen, mussten sie den Sand aus Schuhen und Strümpfen schütteln, damit Himmelschlösschen nicht versandete.

Zu Hause angekommen, verlangten sie als Erstes Trinken.

Seeluft macht durstig, sagte die Frau, die als Flüchtling auf der Insel gelebt hatte.

Sylt ist immer noch voller Flüchtlinge, erklärte Walter. Wir trafen Sänger, Filmschauspieler, Banker und Autobauer, die von dem wilden Leben in den Großstädten genug hatten und auf die Insel geflüchtet sind.

Sogar Heinz Rühmann ist uns begegnet, sagte Hannes. Der stand vor der Brandung und schrie: „Das kann doch einen Seemann nicht erschüttern". Lilo Pulver, immer noch jung und adrett, lief barfuß durch den Sand und versuchte es mit „Pack die Badehose ein". In der Hafenkneipe von Westerland trafen wir Hans Albers. Der ist nämlich nicht gestorben, sondern auf die Insel geflüchtet, weil er den Trubel auf der Reeperbahn nicht mehr aushalten konnte. Aber singen kann er nicht mehr.

Nachdem sie alles erzählt hatten, machten die Frauen den Vorschlag, eine Gemeinschaftsreise zur Insel der Flüchtlinge zu unternehmen.

Das können wir nicht bezahlen, meinte Elvira. Sylt ist nämlich ein verdammt teurer Sandhaufen, zu dem nur Flüchtlinge mit viel Geld fahren können.

Egon sprang auf und erklärte, es sei auch zu gefährlich. Eines Tages würde es einen gewaltigen Sturm geben, der die Insel in Stücke reißt. Dann wird es wieder eine Flucht geben von der Insel zurück aufs Festland.

Walpurgisnacht

Bevor sie zur Haltestelle gingen, machten sie sich in der Besenkammer zu schaffen.

Wofür braucht ihr Besen? fragte Elvira.

Manchmal müssen wir den Dreck aus dem Bus fegen, antwortete Hannes.

Sie saßen an der Haltestelle, hielten die Besen wie Jagdflinten geschultert und warteten auf ihren Bus.

Als Egon in den Garten kam und sie fragen wollte, was es mit den Besen auf sich hatte, waren sie schon verschwunden.

Wohin führt diese Besentour? fragte er Elvira.

Die zeigte auf ein Kalenderblatt in der Küche. Es war der 30. April.

Das ist der Tag, an dem die Hexen auf dem Besen reiten, sagte sie. Denke mal, dass die beiden zu den Hexen auf dem Brocken gefahren sind.

Hexen haben wir auch in Himmelschlösschen, meinte Egon. Und in deiner Kammer stehen Besen genug.

Abends warteten alle auf die Heimkehr der Besenreiter. Aber es zog sich hin bis zum 1. Mai. Als alle schliefen, trafen sie ein und brachten einen starken Schwefelgeruch ins Haus.

Elvira schickte sie gleich zum Waschen, öffnete Türen und Fenster, um frische Luft reinzulassen. Erzählen von ihrer Hexenreise sollten sie erst am Frühstückstisch. So geschah es.

Leider sahen sie die Hexen nur im Dunkeln. Es war nicht erlaubt, sie anzufassen oder zu fotografieren. Der Teufel passte auf, dass seinen Hexen nichts passierte.

Wenn du ihnen die Tücher vom Gesicht nimmst, sind es hübsche Frauen, die noch alle Zähne im Mund haben, erklärte Walter. Aber der Teufel will das alles für sich allein haben, darum müssen sie verschleiert gehen.

Und wie war das mit den Besen?

Die brauchen sie, um durch die Luft zu sausen, wusste Hannes. Wurde auch getanzt? fragte Egon.

Erst haben sie gesungen, dann führten sie einen Hexentanz auf, der ging drei Schritte vor, zwei Schritte zurück, erklärte Hannes. Zum Schluss betrat der Chef die Bühne. Der hatte Hörner am Kopf und schleppte einen langen Schwanz hinter sich her. Die Hexen bildeten einen Kreis um ihn und tanzten ihm vor. Er lud uns ein, sein Teufelsreich zu besuchen, erzählte auch von vierzig hübschen Jungfrauen, die auf uns warteten. Wir haben uns nur angesehen und gedacht: Davon haben wir in Himmelschlösschen genug.

Wo hat sich das zugetragen? wollte Egon wissen.

Auf dem höchsten Berg Norddeutschlands, erklärte Walter. Der gehört dem Teufel und seinen Hexen, aber nur an einem Tag im Jahr. Und das war gestern.

Die beiden Besen, die die Reise zum Brocken überlebt hatten, gab Elvira wegen des höllischen Gestanks ins Feuer.

Ach Luise

Die beiden betraten feierlich den Gemeinschafts-
raum, in dem die anderen schon am runden Tisch
saßen. Jeder trug eine schwarze Jacke, Walter hatte
sogar einen Schlips umgebunden.
Wo kommt ihr her? fragte Egon.
Empfang bei der Königin, antwortete Hannes feierlich.
Wo gibt es noch Königinnen, die zwei Landstreicher wie euch empfangen? wollte Egon wissen.
Sie rätselten hin und her. Holland wäre möglich
oder England, Dänemark ginge auch und natürlich
Schweden. Gibt es auch eine Königin in Honolulu?
Von einer Königin Luise habt ihr wohl noch nie ge-
hört, rief Walter über den Tisch.
Darauf meldete sich eine Frau. Ich heiße Luise und
habe als Schulmädchen die Königin gespielt. Das
Stück hieß „Luise und Napoleon Bonaparte" und
wurde in unserer Mädchenschule in Tilsit aufge-
führt.
Das ging nun alles ein bisschen durcheinander. Von
Tilsit hatte keiner gehört, und was hatte ein franzö-

sischer Kaiser mit einem deutschen Mädchen Luise zu schaffen?

Die Frau ging auf ihr Zimmer und kam mit einem alten Foto wieder. Das zeigte ein hübsches, junges Mädchen im langen, weißen Kleid mit einer Butterblumenkrone auf dem Kopf.

Und wo ist der kleine Napoleon? fragte Hannes, während das Foto die Runde machte.

Den hat der Fotograf nicht aufgenommen, weil er so hässlich aussah, erklärte Luise.

Was habt ihr beiden in der Viertelstunde, die du in seiner Kammer zugebracht hast, angestellt? wollte Hannes wissen. In einer Viertelstunde kann viel passieren.

Ach, der Napoleon konnte nur über seine Soldaten und Schlachten sprechen, antwortete Luise. Von Liebe verstand er nichts.

Elvira bekam Angst, das Gespräch könnte in die Unterwäsche abgleiten. Darum stellte sie eine Terrine auf den Tisch und erklärte, in ihr befinde sich eine Königin-Luise-Kartoffelsuppe.

Nach dem ersten Löffel erhob sich Egon und deklamierte:

Wer nie sein Brot mit Tränen aß,

wer nie die kummervollen Nächte
auf seinem Bette weinend saß,
der kennt euch nicht, ihr himmlischen Mächte.
Das ist aber nicht von Luise, erklärte Elvira.
Stimmt, antwortete Egon. Aber sie hat es aufgesagt,
wenn es ihr schlecht ging in jenen traurigen Zeiten.
Lebt sie noch? fragte die Frau, die die Königin ge-
spielt hatte.
Na klar! rief Hannes. Du lebst ja auch noch, Köni-
ginnen können nicht sterben.
Als Walter das Lied „Ach Luise, kein Mädchen ist
wie diese …" anstimmte, wurde es etwas frivol.
Das Lied passte wirklich nicht zu einer Königin.
Dann schon lieber die Kartoffelsuppe.
Hat sie euch keine Botschaft an ihr Volk mitgege-
ben? fragte die Frau, die die Luise gespielt hatte.
Glaubt an Gott und liebt eure Königin! hat sie uns
zum Abschied nachgerufen.

Zu den Helden

Warum habt ihr euch so ausstaffiert? fragte Egon im Vorbeigehen.

Na weißt du nicht, was heute für ein Tag ist?

Heute ist Sonntag, da fährt kein Bus.

Fährt aber doch, antwortete Hannes. Einmal im Jahr fährt der Bus auch am Sonntag, und das ist heute. Wir haben nämlich Heldengedenktag.

So was gibt es nicht mehr, erklärte Egon. Die Helden sind alle ausgestorben.

Als wir jung waren, wimmelte es nur so von Helden, sagte Walter. Und wir beide gehörten dazu.

Helden kommen nur im Krieg vor, meinte Egon. Als der letzte Krieg tobte, wart ihr noch zu jung für Heldentaten.

Das glaub man! rief Walter. Damals durften auch Kinder Krieg spielen. Wir haben genug Pulver gerochen.

Warum lebt ihr denn noch? wollte Egon wissen.

Weil wir keine Helden, sondern lieber Heldengedenktage feiern wollten, antwortete Hannes.

Elvira, die beiden wollen zum Heldengedenktag in

die Stadt fahren. Sag ihnen, dass heute kein Bus fährt.

Elvira kam zur Haltestelle und sagte: Heute ist Totensonntag, da fährt kein Bus.

Wir haben extra einen bestellt, rief Hannes. Der soll uns nicht zum Totensonntag, sondern zum Heldengedenktag fahren.

Dann muss das wohl so sein, antwortete Elvira und erwähnte noch, dass unten auf dem Kirchplatz, wo sonst die Helden geehrt wurden, ein Ochsenmarkt stattfindet.

Da treten die Helden auf, die einen Ochsen in die Knie zwingen können, sagte Egon.

Es kamen ein paar Frauen zur Haltestelle, die über den wunderlichen Aufzug der beiden Heldenreisenden staunten. Als sie hörten, wohin die Reise gehen sollte, fingen sie an, von ihren Helden zu erzählen. Ein Großvater lag in Flandern begraben, der andere auf einem Berg in den Karpaten. Einer war völlig verschwunden, vermisste Helden nannten sie das damals.

Da ein Bus nicht kam, machten Hannes und Walter sich zu Fuß auf den Weg und versprachen, beim Abendessen von ihren Helden zu erzählen.

Um die Kaffeezeit waren sie wieder da.

Ochsenmarkt fand nicht statt, sagte Hannes. Der große Platz vor der Kirche menschenleer. Auch die Kirche war geschlossen, kein Chor sang, keine Glocke läutete. Als wir den Kirchendiener fragten, sagte er: Helden gibt es keine. Geht zum Friedhof, da liegen noch ein paar Helden von vorgestern.

Auf dem Friedhof haben wir tatsächlich noch Helden gefunden, erzählte Walter. Drei Granitblöcke übereinander gestapelt. Oben ein Kreuz in den Stein geschlagen. Unseren Helden 1914 – 1918, stand da geschrieben.

Das ist verdammt lange her, sagte Egon. Gab es später keine Helden?

Nee, die sind ausgestorben, erklärte Elvira. Kommen auch nicht wieder.

Einmal am Rhein

Eines Morgens fanden sie den Fahrplan an der Haltestelle überklebt mit einem roten Zettel. Darauf stand: Einmal am Rhein. Sie entfernten das Papier, aber am nächsten Morgen klebte der Zettel wieder am Holz: Einmal am Rhein.

Jemand will uns zum Karneval schicken, sagte Walter.

Wir haben in Himmelschlösschen Spaß genug, wir brauchen keinen Karneval, stellte Hannes fest.

Aber Walter fand doch, es wäre eine Reise wert, einmal wenigstens zum Karneval.

Du bist doch in der Karnevalsgegend geboren, Elvira? fragte er. Wo geht Karneval am besten?

Elvira zählte einige Städtenamen auf, nannte Mainz, Köln und Düsseldorf, zur Not auch München. Am liebsten wäre ihr Wanne-Eickel.

Ich bin für Köln, meinte Hannes. Da können wir, wenn es zu schlimm wird, in den Dom flüchten und uns das Spektakel von oben ansehen.

Egon wollte mitkommen, aber Walter entschied: Du hast einen lahmen Fuß und kannst nicht tanzen. Solche Leute sind im Karneval nicht zu gebrauchen. Es wurde eine verdammt lange Reise, die nach drei Tagen nicht zu Ende ging. Ihr Ausbleiben führte Elvira auf die Nächte in Köln zurück, die länger sind als anderswo.

Als sie endlich mit Gesang in Himmelschlösschen einzogen, wunderten sich alle über ihre Pappnasen. „Wir sind die Eingeborenen von Trizonesien", sangen sie. Wo liegt das denn?

Keiner wusste es.

Als sie die Stelle sangen, an der es heißt: „Wir sind zwar keine Menschenfresser, doch wir küssen umso besser …", bekamen die Frauen es mit der Angst.

Elvira fragte nach der Verpflegung auf der langen Reise.

Essen kam nicht vor, antwortete Hannes. Wir haben Kölsch getrunken, das war nahrhaft genug.

Kannst du uns verraten, Elvira, warum es kein Kölsch in Himmelschlösschen gibt? wollte Walter wissen.

Weil Kölsch Alkohol ist.

Haben wir nichts von gemerkt, erklärte Walter. Habt ihr einen Umzug mitgemacht? fragte Egon.

Wir durften sogar auf dem Prinzenwagen stehen.

Hier sind zwei Jecken aus Ostfriesland, die wollen sehen, wie Karneval geht! hat der Prinz der Menschenmenge zugerufen.

Wir durften neben ihm stehen und Kamelle essen. Walter hat Alaaf! gerufen und ich Helau! bis der Prinz uns ermahnte. In Köln geht nur Alaaf, Helau könnt ihr in Ostfriesland schreien.

Wie war das mit Frauen? wollte Egon wissen.

Damit haben wir gar nicht angefangen, erklärte Hannes. Männlein und Weiblein gehen im Karneval quer durcheinander. Die Frauen tragen Helme und Kommissstiefel, die Männer haben sich Brüste angeklebt und lange Locken an den Kopf gehängt. Wie willst du da eine passende Person zum Tanzen finden.

Wo habt ihr geschlafen? fragte Elvira. Die beiden blickten sich an und grinsten.

Im Dom gibt es Kabinen mit einem Vorhang. Da kann der Mensch, der etwas Schlechtes getan hat, beichten. Man kann aber auch darin schlafen. Erzählt es keinem weiter, dass wir im Beichtstuhl geschlafen haben. In Köln wäre das schwere Sünde.

Zu guter Letzt meldete sich Egon noch einmal zu Wort. Er hatte aus klugen Büchern herausgefunden, wo Trizonesien liegt. Eine Insel im Ozean, gleich hinter Madagaskar. Sonderbar, dass die ihre Eingeborenen zum Karneval nach Köln schicken.

Die „Sünderin" und
die „Fischersfrau"

Von einer Tour brachten sie einen mit, der sah aus wie der Hauptmann von Köpenick und war verkleidet wie Heinz Rühmann in jungen Jahren. Er redete auch so.

Der Rühmann ist lange tot, sagte Elvira.

Du darfst nicht glauben, was in den Zeitungen steht, Elvira, antwortete Hannes. Heinz Rühmann lebt. Wir haben ihn in den Dünen von Sylt gesehen und jetzt wieder bei der Parade in Köpenick. Da haben wir ihn aufgegriffen und mitgenommen, damit Himmelschlösschen auch mal was zum Lachen hat.

An der Haltestelle versammelte sich die halbe Belegschaft, um das Wunder von Köpenick zu bestaunen.

Er hat nicht viel Zeit, sagte Walter. Er muss zur Hamburger Michaeliskirche, da hat er heute einen großen Auftritt, er spielt nämlich den Don Camillo.

Sowas wird heute in der Kirche gespielt? wunderte sich Egon. Eines Tages werden sie den Teufel vor dem Altar tanzen lassen. Walpurgisnacht im Dom, das wäre ganz was Neues.

Die Bewohner von Himmelschlösschen befragten Heinz Rühmann nach der gefährlichen Rolle als Bruchpilot. Eine Frau wollte von ihm das Rezept für die Feuerzangenbowle haben.

Zum Abschied sang er „Es bläst der Wind mit Stärke zehn…", dann fuhr er weiter zu seinem großen Auftritt.

Die Begegnung mit Heinz Rühmann und der Filmkunst führte zu langen Gesprächen. Egon schlug vor, jede Woche einen Filmabend zu veranstalten mit Filmen aus ihrer Jugendzeit. Er wollte eine Leinwand besorgen, Elvira könnte die Filme und das Vorführgerät in der Stadt ausleihen.

Alte Filme halten jung, und tanzen können wir dabei auch, meinte Walter.

Als Erstes trat der „Tiger von Eschnapur" in Erscheinung, ihm folgte eine Woche später „Das indische Grabmal".

Die Gegenden, in denen diese beiden Filme spielten, lagen so weit von Himmelschlösschen entfernt, es war unmöglich, mit dem Bus hinzufahren, um den Tiger zu besichtigen.

Beim „Förster vom Silberwald" kamen sie sich schon näher. Die Frauen sangen das Lied vom alten Försterhaus, das um einiges älter geworden war, einer sagte, es sei abgebrannt.

Den Film „Die Sünderin" ließ Elvira nicht zu, weil in ihm zu viel nacktes Fleisch vorkam. „Liane, das Mädchen aus dem Urwald" ging gerade noch, sie war das Äußerste an Weiblichkeit, das in Himmelschlösschen gezeigt werden durfte.

Nachdem sie „Die Fischerin vom Bodensee" bewundert hatten, beschlossen Hannes und Walter, eine Bustour in jene Gegend zu unternehmen. Mit der schönen Fischersfrau im Kahn sitzen und sich von einem Schwan ziehen lassen, davon träumten sie.

Wie es ausgegangen ist, hat niemand erfahren. Elvira hatte den Verdacht, dass die beiden in den Bodensee gefallen sind und der Kahn mit der schönen Fischerin davongefahren ist. Aber das sagte sie lieber nicht.

Geh'n wir mal zu Hagenbeck

Egon kam in Elviras Büro gehumpelt.

Es wird gefährlich! rief er. Die beiden wollen mit dem Bus zu Hagenbeck.

Was ist daran so schlimm? fragte Elvira. Sie waren schon auf Helgoland, bei den Bremer Stadtmusikanten, auf Butterfahrt in Dänemark, warum nicht mal Hagenbeck?

Weil da Raubtiere rumlaufen, sagte Egon. Wir sehen Hannes und Walter nie wieder.

Elvira ging in den Garten zu den beiden an der Haltestelle. Heute also Hagenbeck? fragte sie.

Hannes grinste.

Das hat dir der Teufel gesagt!

Habt ihr genug Geld für Eintrittskarten?

Wir brauchen nichts zu bezahlen, wir gehören zum Personal, antwortete Hannes. Wir haben dort Freunde, die wir besuchen wollen.

Sind eure Freunde Vierbeiner oder Zweibeiner? mischte sich Egon ein.

Hast du noch nie vom Riesenelefanten Beppo gehört? fragte Walter. Den kennen wir persönlich, und er kennt uns. Auf dem können wir durch Hagenbeck reiten.

Sicher werdet ihr auch in den Löwenkäfig gehen und mit den jungen Katzen spielen, grummelte Egon.

Jawohl! antwortete Hannes. Weißt du, wie alt Löwen werden, Elvira? fragte er.

Die sterben, wenn ihnen die Zähne ausfallen, antwortete sie.

Da haben wir es besser, meinte Walter. Du kochst uns immer schöne Suppe, die können wir ohne Zähne essen.

Es waren auch noch Grüße an die Braunbären auszurichten und an den „Tiger von Eschnapur". Der nach seiner großen Filmrolle bei Hagenbeck auf Altenteil lebte. Einen hübschen Flamingo, der im Garten von Himmelschlösschen spazieren geht, hätten die Frauen gern.

Besucht auch die Pinguine, schlug Margarete vor und erzählte von einem Eisbären, der Roland hieß. Wenn die Kinder ihm zuwinkten, sprang er vom Felsen ins Wasser.

Bringt uns eine Giraffe mit, war Egons Hagenbeckwunsch. Wenn wir eine Giraffe im Garten haben, braucht keiner mehr die Hecken zu scheren, das Tier hält die Büsche kurz.

Giraffen passen in keinen Bus, antwortete Hannes. Die schicken wir lieber nach Afrika.

Maskerade

Hast du schon mal auf einer Maskerade getanzt, Elvira? Was ist Maskerade?

So etwas Ähnliches wie euer Karneval im Rheinland, erklärte Walter. Als wir jung waren, gab es Maskeraden in jedem Dorf. Die Frauen schneiderten wochenlang ihre Kostüme, jede wollte die Schönste sein. Wenn die Maskierten in den Tanzsaal marschierten, empfing sie ein lautes Hallo. Die Blaskapelle spielte den Einzugsmarsch, und wir jungen Männer standen auf den Tischen und klatschten.

Konnte auch getanzt werden? fragte Elvira.

Nur die Maskierten durften zum Tanz auffordern, erinnerte sich Hannes. Weil das meistens Mädchen waren, artete das Ganze in Damenwahl aus.

Es gab auch Preise zu gewinnen, sagte Walter. Zum Preisgericht gehörten der Bürgermeister, der Amtsrichter und der Herr Pastor. Die saßen auf der Bühne und ließen die Mädchen zur Begutachtung vorbeimarschieren. Die schönste Maske bekam eine halbmeterlange Mettwurst.

Kann mir einer sagen, warum es heute keine Maskeraden mehr gibt? rief Hannes in die Runde.

Weil die jungen Menschen das albern finden, antwortete Egon. Die verkleiden sich schon jeden Tag genug und brauchen kein Extrafest für ein Maskeradenkostüm.

Das heutige Rumgehopse ist auch albern, meinte Walter. Die Maskeradenlieder konnten wir wenigstens mitsingen, heute versteht das kein Mensch.

„In der Heimat, in der Heimat, da gibt's ein Wiedersehen …" stimmte Hannes an.

Sie konnten es nicht glauben, dass die Maskeraden ausgestorben sind, und baten Elvira, in das Gerät auf ihrem Schreibtisch das Wort „Maskerade" einzugeben.

Wenn du eine gefunden hast, fahren wir mit dem Bus hin und tanzen die halbe Nacht, sagte Hannes. Und Schunkeln geht auch.

Elvira schaltete das Gerät auf ihrem Schreibtisch ein. Nach einer Weile kam sie wieder und sagte: In Köln ist gerade wieder Maskerade.

Na siehst du! rief Hannes. Es geht doch.

Nach dem Abendessen stellte sich Elvira vor die versammelte Mannschaft. Hannes und Walter wollen eine Maskerade besuchen, sagte sie. Ich denke, wir sollten lieber eine Maskerade in Himmelschlösschen veranstalten. Nächsten Sonnabend nach dem Kaffee treffen wir uns in der Kantine. Jeder muss sich verkleiden. Musik spielen wir vom Leierkasten, es darf auch getanzt werden.

Ich tanz nur mit Margarete! rief Hannes. Die ist doch im Krankenhaus, meinte Egon.

Nächsten Sonnabend ist sie wieder gesund, antwortete Hannes. Was gibt es zu trinken, Elvira? wollte Walter wissen.

Fünf Flaschen Kirschsaft, das ist lustig genug, antwortete sie.

Da kannst du mal sehen, in welch lausigen Zeiten wir leben, klagte Walter. Früher gab es auf den Maskeraden Rum und Branntwein, heute sollen wir von fünf Flaschen Kirschsaft lustig werden.

Im Schwarzen Meer

Ich glaube, die beiden sehen wir nie wieder, meinte Egon, als Hannes und Walter nach drei Tagen immer noch nicht zurück waren.

Wo habt ihr euch so lange rumgetrieben? fragte Elvira, als sie am Abend des vierten Tages eintrafen.

Das sagen wir nicht! antwortete Hannes.

Ihr seht ganz schön schwarz aus, meinte Margarete.

Habt ihr schon mal vom Schwarzen Meer gehört? sagte Hannes.

Walter legte eine Tüte auf den Tisch. Haben wir euch mitgebracht, erklärte er. Das ist Sacherkuchen.

Er fing an, das Lied aus dem „Dritten Mann" zu pfeifen, das alle kannten, die einmal jung gewesen waren.

Mit dem Orson Wells haben wir Karten gespielt, erklärte Walter. Der ist längst tot, mischte sich Egon ein.

Ja, tot, aber Karten spielen kann er noch, erwiderte Hannes.

Als Elvira auftauchte, griff Walter ihre Hand und fing an, von einer Pferdekutsche zu reden, die Himmelschlösschen unbedingt anschaffen sollte.

Bus allein genügt nicht, meinte er. Wir wollen auch mit Pferd und Wagen spazieren fahren, mit einem richtigen Fiaker.

Kaum war das Wort Fiaker ausgesprochen, wussten alle Bescheid. Die beiden hatten sich in Österreich rumgetrieben.

Wundere mich nur, dass die Schnürschuhkameraden euch über die Grenze gelassen haben, mischte Egon sich ein. So wie ihr ausseht.

Seit dem Jahre 1938 gibt es keine Grenze mehr, behauptete Walter, und einen Kaiser haben die Österreicher auch nicht. Das einzige, das wie eine Grenze aussieht, ist ein breiter Fluss.

Seid ihr mit dem Dampfer rübergefahren? wollte Egon wissen.

Dampfer war uns zu gefährlich, antwortete Hannes. Der fährt immer bergab, und am Ende stürzt er in ein schwarzes Meer.

Wir sind rübergeschwommen, erklärte Walter.

Das glaubt euch keiner, dass ihr durch die Donau geschwommen seid, wunderte sich Egon. Ihr könnt doch gar nicht schwimmen.

Als wir rauskamen, sahen wir ziemlich dreckig aus. Das Wasser ist nämlich nicht blau, wie immer gesungen wird, sondern dunkelbraun, und am Ende wird es schwarz, dann heißt es Schwarzes Meer. Das ist die Stelle, wo nur Schwarze auf die Welt kommen.

Walter holte eine Flasche aus der Jacke und stellte sie auf den Tisch. Sah pechschwarz aus und trug das Etikett „Donau-Wasser".

Haben wir für euch mitgebracht, sagte er.

Wenn da Alkohol drin ist, muss ich die Flasche einziehen! rief Elvira.

Kein Alkohol, nur Donau-Wasser, beruhigte Hannes sie. Wem davon schlecht wird, der hat selber Schuld.

Egon wollte wissen, wie das mit dem Riesenrad im Prater geht.

Sind wir nicht eingestiegen, antwortete Hannes. Fährt nur im Kreis und spielt immer die gleiche Musik.

Musik war das Stichwort. Die Frauen sprangen auf, fassten sich bei den Händen, sangen den Donauwalzer und drehten sich im Kreis. Im Lied war die Donau immer noch blau.

Wollt ihr nicht tanzen! riefen sie den beiden Alten zu.

Wir tanzen nur zum Radetzky-Marsch, antwortete
Walter.

Blauer Brief

Nicht der Bus kam, sondern ein Briefträger. Der radelte mit seiner gelben Tasche auf den Hof, begrüßte die Frauen freundlich, die am Zaun auf ihn warteten.

Frauen lieben Briefträger, sie können nicht genug bekommen von dem beschriebenen Papier, sagte Walter. Margarete redet jeden Tag von den schönen Briefen, die ihr Max geschrieben hat. Der ist schon lange tot, aber in den Briefen lebt er weiter. Wer soll ihr jetzt noch schreiben?

Ich hab schon zwei Jahre keinen Brief bekommen, stellte Hannes fest. Und das ist gut so, die meisten Briefe taugen nämlich nichts.

Elvira bekam viel Post, darunter auch Rechnungen. Eine halbe Stunde brauchte sie jeden Morgen, um das Geschriebene durchzulesen. Damit war sie so beschäftigt, dass ihr hin und wieder das Essen anbrannte.

Einmal schrie der Postbote – er saß noch auf dem Fahrrad –: Wohnt hier ein Hannes Kröger?! Dabei schwenkte er einen blau-grauen Brief, dem jeder von Weitem ansehen konnte, dass er ein amtliches Papier enthielt. Hannes musste den Empfang quittieren.

Was hast du verbrochen? fragte Walter.

Ich werd den Brief nicht aufmachen, sondern gleich ins Feuer geben, erklärte Hannes. Da kann nichts Gutes drin sein.

Sie spekulierten hin und her über den blauen Brief. Die vom Amt wollen wissen, ob du noch lebst, meinte Egon. Wenn einer tot ist, sparen sie jeden Monat Geld an der Rente.

Einige Frauen machten wunderliche Gesichter. Ob er einen totgeschlagen hat? tuschelten sie.

Bestimmt bist du ohne Führerschein gefahren, meinte Margarete.

Ich hab seit zwanzig Jahren kein Auto und keinen Führerschein, antwortete Hannes.

Aber einmal hast du den Busfahrer überredet, dich am Steuer sitzen zu lassen, erinnerte sich Walter. Einer im Bus hat es gesehen und dich angezeigt. Davon kommt der blaue Brief.

Das war kein Fahren, das war Sitzen, schimpfte Hannes.

Die Frauen wollten es nicht zulassen, den blauen

Brief ins Feuer zu geben, und baten Elvira, den amtlichen Brief vor der Vernichtung zu retten.

Elvira entdeckte auf dem Umschlag den Poststempel einer Stadt, die Gutes versprach: Glücksburg.

Wenn ein Mensch einen Brief bekommt, ist das allein seine Sache, was er damit anfängt, behauptete Hannes. Er kann damit den Hintern wischen oder ihn in der Pfeife rauchen.

Da hast du recht, antwortete Elvira. Aber es könnte vielleicht etwas Gutes drin stehen. Ein Geldgewinn oder ein Gutschein für eine Busreise nach Italien. Immerhin kommt der Brief aus Glücksburg.

Die Aussicht auf einen Gewinn regte die Umstehenden mächtig auf.

Lass uns einen Busausflug nach Glücksburg unternehmen, schlug Egon vor. Da werden wir sehen, ob das Glück auf der Straße liegt.

Glück hin, Glück her, Hannes wollte den Brief nicht rausrücken. Er steckte ihn in die Jackentasche und überlegte, wie er ihn mit Anstand loswerden konnte. Verbrennen wäre das Beste.

Abends am runden Tisch redeten sie über sonderbare Postsendungen. Ein Brief war um die Welt geflogen und erst nach fünf Jahren im Briefkasten gelandet. Der hat was erlebt! Egon behauptete, er habe mal einen Brief von einem Toten erhalten und ihn postwendend zurückgeschickt. Walters Großvater bekam vom Polizeipräsidenten in Berlin einen Brief wegen Majestätsbeleidigung. Er wurde aufgefordert, sich zur Vernehmung an einem bestimmten Tag im Monat November einzufinden. Als er eintraf, war das Vernehmungsbüro geschlossen und der Kaiser per Bus nach Holland gefahren. Wenn es keine Majestät mehr gibt, kann es auch keine Majestätsbeleidigung geben.

Der an Hannes gerichtete blaue Brief blieb verschwunden. Nach drei Tagen wusste auch Hannes nicht mehr, wo er sich versteckt hielt.

Zu den schlesischen Bergen

Wir werden den Rübezahl besuchen, verkündete Walter beim Frühstück.

Ist das der Bauer aus dem Nachbardorf, der die vielen Gänse hat? fragte Egon.

Wir meinen den richtigen Rübezahl, der in den schlesischen Bergen haust, erklärte Hannes.

Die schlesischen Berge haben wir nicht mehr, bekommen wir auch nicht wieder rein, meinte Egon.

Kann sein, dass die Polen auch einen Rübezahl haben, meinte Elvira. Der heißt Liczyvzepa und wandert im Riesengebirge auf und ab.

Die Frauen fingen an, das Lied vom Rübezahl zu singen, wie der mit seinen Zwergen Sagen und Märchen spinnt.

Wo sind die Zwerge geblieben? fragte Egon.

Himmelschlösschen ist voller Zwerge, antwortete Hannes. Und spinnen können die auch.

In guter Stimmung stiegen sie in den Bus. Egon zerbrach sich den ganzen Tag den Kopf, wie die es wohl anstellten, den Rübezahl zu besuchen. Hat er

Telefonanschluss oder Internet? Fährt der Bus hoch hinauf ins Riesengebirge?

Spät am Abend kehrten sie heim und waren ziemlich beschichert, weil sie von dem schlesischen Schnaps getrunken hatten, den sie Stonsdorfer nennen und den auch der Rübezahl trinken mag.

Erzählen, was sie mit dem Rübezahl erlebt hatten, ging nicht mehr. Das erledigten sie am nächsten Morgen. Als Erstes hatten sie die Polen befragt. Die meisten kannten ihn nicht. Einer sagte, die Kommunisten hätten den Rübezahl in ein Lager nach Sibirien gebracht. Dort habe er den Geist aufgegeben. Ein anderer behauptete, die Deutschen hätten den Rübezahl, als sie zum Kriegsende in den Westen flüchteten, mitgenommen.

Auf diese Auskunft hin haben wir das Schlesier-Treffen in Hannover besucht, erklärte Hannes. Und sieh, da trat der Rübezahl im Nachmittagsprogramm auf, ein Riesenkerl auf Stelzen mit einer weißen Perücke und langen Pluderhosen. Um ihn wuselten an die zwanzig Zwerge in schlesischen Trachten, tanzten und sangen. Und der ganze Saal sang mit.

Nun danket alle Gott

Es war Sonntag, da fuhr kein Bus. Trotzdem saßen sie an der Haltestelle und beratschlagten, wohin sie noch reisen könnten.

Besucht doch mal den Papst, sagte eine Frau im Vorübergehen. Sonntag ist ein guter Tag, um ihn zu treffen. Da steht der Heilige Vater auf dem Balkon und breitet die Arme aus.

Der Papst ist zu weit weg! rief Hannes. Der sitzt auf einem sehr hohen Stuhl und sagt immer nur Urbi et Orbi. Mit uns kann er nichts anfangen, weil er unsere Sprache nicht versteht und wir die seine auch nicht.

Hannes ist evangelisch, und ich bin katholisch. Das passt ihm auch nicht.

Ihr könnt euch seinen Segen abholen, meinte Egon. Der segnet alle, die auf dem großen Platz herumstehen. Einige werden davon gesund.

Wir sind gesund, antwortete Walter. Humple du nur nach Rom. Wenn der Papst dir die Hand auf den Fuß legt, kannst du die Krücke wegwerfen und mit Lale Andersen Polka tanzen.

Was meinst du, Elvira, trinkt der Papst Bier? fragte Hannes.

Nur heimlich, wenn es keiner sieht. Abendmahl mit Bier geht nicht.

Für die Menschenmassen auf dem Petersplatz müsste es einen richtigen Bierausschank geben, sagte Hannes. Und Bockwurst oder geräucherter Hering gehören auch dazu.

Vergesst nicht, Geld mitzunehmen, sagte Egon. Der Papst geht gern mit dem Klingelbeutel rum und verkauft seinen Segen.

Geld gibt es nur für Bockwurst und Räucherhering, entschied Walter. Wir bleiben im Lande und nähren uns redlich. Der Papst kann warten, bis wir alt sind.

Warum besucht ihr nicht die Kirche in unserem Dorf? fragte Elvira. Jeden Sonntagmorgen bimmeln die Glocken, aber keiner von Himmelschlösschen geht hin.

Weil am Sonntag kein Bus fährt, murmelte Walter.

Der Herr Pastor sollte mal zu uns kommen, schlug Hannes vor. Wenn wir schon im Himmelschlösschen wohnen, gehört es sich wohl, dass ein Pastor vorbeikommt und im Himmel nach dem Rechten sieht.

Elvira versprach, im Kirchenbüro anzufragen.

Wenn er kommt, sagte Hannes, stellen wir uns in die Eingangshalle und singen ihm „Nun danket alle Gott" vor.

Aber er kam nicht. Das Kirchenbüro nannte auch den Grund: Gottes Wort kann nur in der Kirche gesprochen werden, im Wald und auf der Heide hilft es wenig. Die Toten müssen auch in die Kirche gebracht werden, bevor sie in die Erde kommen.

Nee, das lass man, sagte Hannes. Sterben, nur um in der Kirche Gottes Wort zu hören, das wollen wir noch nicht.

Um Leben und Tod

Das ist noch mal gutgegangen, stöhnte Hannes. Wo habt ihr euch rumgetrieben? fragte Egon.

Im Wald und auf der Heide, antwortete Walter. Uns stehen noch die Haare zu Berge.

Elvira brachte eine Terrine auf den Tisch.

Leever moal mehr un denn rieklich, sagte Egon und schöpfte sich den Teller so voll, dass es überschwappte.

Was habt ihr erlebt? fragte Elvira.

Es ging wieder mal um Leben und Tod, antwortete Walter. Unser Bus blieb mitten in der Nacht am Bahnübergang auf den Schienen stehen. Wir alle raus, wollten ihn anschieben, ging aber nicht. Hörten schon den Zug kommen. Er wird meinen schönen Bus zertrümmern! jammerte unser Fahrer.

Einer der Fahrgäste kannte sich aus mit Bus- und Eisenbahnunfällen, erzählte Hannes. Der ließ alle Zeitungen einsammeln, die im Bus herumlagen. Dann hielt er sein Feuerzeug an das Papier und schickte uns dem Zug mit Fackeln entgegen. Als der Lokführer die Glühwürmchen auf den Schienen sah, dachte er: besser anhalten. Wer weiß, was da los ist? Der Zug kam knapp vor unserem Bus zum Stehen, und wir haben „Nun danket alle Gott" gesungen. Wir mussten noch helfen, den Bus beiseite zu schaffen, der partout nicht von den Schienen rollen wollte.

Daraufhin hat uns der Lokführer in seinen Zug steigen lassen, ohne dass wir eine Fahrkarte bezahlen mussten.

Die Schwäbische Eisenbahn fährt immer, sagte er.

Von Eulen und Meerkatzen

Heute besuchen wir den Till! rief Hannes. Wo gibt es einen Till? erkundigte sich Egon.

Na, kennst du nicht die Stadt Mölln? antwortete Walter. Da ist er zu Hause.

Der Till liegt längst auf dem Friedhof, behauptete Egon.

Von wegen! rief Hannes. Der reist immer noch durchs Land und macht seine Späße. In Berlin brauchen sie ihn, wenn Staatsgäste kommen, damit er ein wenig Farbe ins düstere Bild bringt. Im Bundestag tritt er auch auf, um das Hohe Haus mal zum Lachen zu bringen. In München erscheint er, wenn das Oktoberfestbier angezapft wird, und Karneval am Rhein geht auch nicht ohne den Till.

Und den wollt ihr in Mölln antreffen? wunderte sich Egon.

In Mölln ist er auf die Welt gekommen. Wenn der Till genug Unfug angestellt hat, kehrt er zurück in seine Heimatstadt, um sich ein paar Wochen auszuruhen, erklärte Walter. Dann sitzt er auf einem

Steinsockel und erzählt allen, die vorbeigehen, seine Geschichten.

Es wird kein gutes Ende nehmen! rief Egon den beiden nach, als sie in den Bus stiegen, und die Frauen bestellten schöne Grüße an Till.

Der Tag ging vorüber, nichts Aufregendes geschah. Im Fernsehen trat der Till nicht auf, im Bundestag auch nicht. Als Hannes und Walter Himmelschlösschen betraten, staunten alle über die roten Mützen und die langen Kordeln.

Haben wir in Mölln gekauft, erklärte Hannes. Da kannst du alles bekommen, was zum Till gehört, sogar Eulen und Meerkatzen.

Beim Abendessen verteilten sie die mitgebrachten Eulen und Meerkatzen.

Wir sollten den Till einladen, in Himmelschlösschen eine Vorstellung zu geben, schlug Egon vor. Das kostet nur etwas Kutschengeld, den Spaß bringt er umsonst mit.

Elvira schüttelte den Kopf. Wir haben Spaßmacher genug im Himmelschlösschen. Mit dem Till bekämen wir nur Ärger, weil der seine Witze über Bischöfe und Päpste macht, sogar über Juden, Christen und Mohammedaner.

Dann eben nicht, sagte Hannes, nahm eine leere Flasche, führte sie zum Mund und spielte den Turmbläser Till, der keinen Ton herausbrachte, als sich die Feinde der Burg näherten. So ein Kerl war das.

Auf dem gelben Wagen

Es wollte Abend werden; alle saßen am runden Tisch, nur Hannes und Walter fehlten.

Welche Tour wollten sie unternehmen? fragte Egon.

Irgendetwas mit Pferden, antwortete Elvira.

Von Pferden verstehen die so viel wie die Frösche vom Sackhüpfen, meinte Egon.

Kaum gesagt, hörten sie Pferdegetrappel. Als Egon zum Fenster humpelte, sah er eine Kutsche im Trab vorbeifahren.

Kurz danach betraten sie das Haus, sangen „Hoch auf dem gelben Wagen" und brachten einen Geruch von Pferdeschweiß mit. Elvira schickte sie zum Händewaschen in die Toilette.

Wie seid ihr zu Pferden gekommen? fragte sie.

Im Münsterland laufen genug Wildpferde durch Wiesen und Wälder, erklärte Walter. Wir wollten sie uns nur ansehen, aber als wir so dastanden, kam eine Kutsche vorbei, der Wagen aus gelbem Holz, die Pferde schwarz. Auf dem Kutschbock saß einer in Uniform und blies das Horn.

Wollt ihr mitkommen? rief er.

Also gut, wir stiegen ein und fuhren bis zur nächsten Kneipe, erklärte Hannes. Da hörten wir lautes Bassgebrumm. Junge Mädchen tanzten im Reigen um einen Maibaum. Der Wirt brachte jedem einen Topf Gerstensaft. Eine Frau, die aussah wie unsere Margarete in jungen Jahren, winkte uns aus dem Fenster zu. Wir sollten sie besuchen. Aber der Postillion hatte es eilig. Er gab den Pferden eine Handvoll Hafer zu fressen, dann blies er ins Horn und knallte mit der Peitsche. Inzwischen war eine Frau zu uns in die Kutsche gestiegen, eine Hübsche wie unsere Elvira. Für jeden Witz, den wir ihr erzählten, bekamen wir einen Schluck aus ihrer Rumflasche.

Elvira, wo ist die Rumbuddel?! rief Hannes in die Küche.

Sie kam tatsächlich mit einer Flasche unter dem Arm an den Tisch. Das Zeug darin sah aus wie Rum, schmeckte aber nur süß, regte aber doch so an, dass Margarete aufsprang und „Hoch auf dem gelben Wagen" sang. Die anderen stimmten mit ein, denn alle kamen aus jener Zeit, als noch Kutschen fuhren und Lieder gesungen wurden. Sogar Elvira saß auf einem gelben Wagen und schwärmte von ihrem Schaukelpferd, mit dem sie als Kind gespielt hatte.

Sie erzählten noch bis spät in die Nacht von Kutschfahrten zur Kirche, Weihnachtsausflügen mit dem Pferdeschlitten durch den verschneiten Wald und von Soldaten, die zu Pferde in den Krieg ritten und zu Fuß zurückkehrten, wenn überhaupt.

Heimwehreise

Sie wollten länger wegbleiben, eine Woche mindestens. Wo wollt ihr hin? fragte Egon.

Nach Schomski, antwortete Hannes.

Nie gehört.

Das liegt mitten in Polen. In Schomski ist der Walter auf die Welt gekommen, erklärte Hannes. Er will seine Hütte noch einmal sehen, bevor er auf den Friedhof kommt.

Und dieses Schomski ist per Bus zu erreichen? wunderte sich Elvira.

Heutzutage fahren überall Busse, sogar nach Russland, erklärte Walter. Wir haben letzte Woche einen getroffen, der ist mit dem Bus die chinesische Mauer abgefahren.

Elvira versprach, ihnen ein paar Brote für die Reise zu schmieren.

Das tut nicht nötig, sagte Walter. Der Busfahrer bringt einen Sack Verpflegung mit. Außerdem fahren wir nach Polen. Da gibt es immer genug zu essen, für gutes Essen sind die Polen berühmt.

Wo wollt ihr schlafen? fragte Egon.

Im Bus, antwortete Hannes. Es gibt keinen besseren Platz, so ein Bus schaukelt dich schön in den Schlaf.

Es meldete sich Lisbeth.

Nehmt mich mit, ich bin auch aus dem Osten, sagte sie. Wo bist du geboren? fragte Walter.

In Marggrabowa.

Das klingt gut! meinte Walter. Aber es ist zu weit entfernt. Dieses Marggrabowa liegt dicht an Russland. So weit fährt unser Bus nicht.

Lisbeth fing an zu weinen.

Ich will nur noch einmal über den größten Marktplatz Deutschlands wandern, sagte sie. Den gab es in Marggrabowa.

Das ist nicht mehr Deutschland! rief Hannes. Wenn du einen großen Marktplatz sehen willst, musst du nach Heide in Holstein fahren. Da kannst du dir die Füße wund laufen.

Um Lisbeth zu beruhigen, verabredeten sie, übernächste Woche eine Bustour nach Heide zu unternehmen. Aber Lisbeth wollte nicht. Entweder Marggrabowa oder gar keinen Marktplatz. Heide haben wir noch lange, sagte sie, aber Marggrabowa geht langsam unter.

Braucht ihr kein Visum an der Grenze? fragte Egon. Weißt du nicht, dass Polen und Deutsche Freunde sind? sagte Walter. An dieser Grenze kann jeder kommen und gehen, wie er will. Du merkst gar nicht, dass es eine Grenze ist.

Der Bus ist da! rief Elvira und zeigte aus dem Fenster.

Auf nach Schomski! rief Hannes. Wenn wir wiederkommen, erzählen wir euch, was die Polen zu Mittag essen.

Zum Jagen

Was magst du lieber, Elvira, Wildschweinbraten oder Fleisch vom Rehbock? fragte Walter. Wir wollen nämlich auf die Jagd.

Wo soll das passieren? wunderte sich Elvira.

Es gibt ein Waldstück in einem Land, das früher Deutsche Demokratische Republik hieß, sagte Hannes. Der Wald gehört jetzt einem Grafen, und der hat uns zum Schießen eingeladen.

Aber ihr habt doch keine Gewehre, meinte Egon.

Die kriegen wir vom Grafen, erwiderte Walter. Was meinst du, was der für ein Waffenlager hat. In seiner Scheune liegen Gewehre aus dem ersten und dem zweiten großen Krieg. Auch von der Roten Armee ist was übriggeblieben. Er hat sogar einen Panzer, mit dem die Engländer durch die Lüneburger Heide gefahren sind, vor seinem Holzschuppen aufgestellt. Von der Nationalen Volksarmee sind ein paar Haubitzen übriggeblieben, die stehen da rum und warten darauf, gebraucht zu werden. Wenn wir in der Scheune sind, spielt er „Brüder zur Sonne zur Freiheit" vom Band.

Aber ihr könnt doch gar nicht schießen! rief Egon.
Haben wir im Krieg gelernt, antwortete Hannes.
Weißt du nicht, dass Schießen das Wichtigste im
Krieg ist? Ohne Schießen gibt es keinen Krieg. Und
es geht ganz einfach. Du musst nur ein Ziel haben,
einen Rehbock oder ein Wildschwein. Dann heißt
es, rechtzeitig abdrücken.

Es gab eine Wildschweingeschichte, die den beiden
vor ein paar Jahren zugestoßen war, und die ging
so: Ein Riesentier steht auf der Straße und will den
Bus nicht durchlassen. Der Fahrer kurbelt die
Scheibe runter und schreit: Wenn du nicht abhaust,
kommst du in die Wurst! Das hat das Tier verstanden und ist im Galopp in den Wald gelaufen.

Musst nur laut schreien, dann geht alles, sagte Hannes.

Lass sie nicht zum Jagen fahren, Elvira, bat Egon.
Sie werden zu Schaden kommen. Entweder schießen sie dem Jägermeister den Hut vom Kopf oder
sich gegenseitig in den Hintern. Oder sie werden
von den Wildschweinen gefressen.

Dann muss das so sein, antwortete Elvira und entschied sich für Wildschweinbraten.

Als sie in den Bus stiegen, sangen die Frauen an der

Haltestelle „Auf, auf zum fröhlichen Jagen". Das sangen sie auch am Abend, als sie am runden Tisch auf die Heimkehr der Jäger warteten. Weil die sich verspäteten, sangen sie noch: „Ich bin ein freier Wildbretschütz" und „Der Jäger aus Kurpfalz". Egon hatte eine Flasche Jägermeister gekauft und zu Elvira in den Kühlschrank gegeben. Als die beiden Jagdgenossen eintrafen, holte er die Flasche aus der Kälte und stellte sie mitten auf den Tisch.

Hannes überreichte Elvira einen gefüllten Sack. Da ist dein Schweinebraten, sagte er.

Der ist ja eiskalt, stellte Elvira fest.

Den hat der Graf aus seiner Kühltruhe geholt und uns mit auf den Weg gegeben.

Lügengeschichten

Bodenwerder ist auch eine schöne Stadt, sagte Hannes. Wollt ihr in der Weser baden? fragte Egon.

Der Baron hat uns auf sein Schloss eingeladen, er will uns Geschichten erzählen, die noch keiner kennt.

Egon kratzte seinen Kopf. Ihr habt es wohl nur noch mit dem Adel zu tun, brummte er. Wildschweinbraten von einem Grafen und Lügengeschichten vom Baron. Was wollt ihr uns vom Kaiser Franz mitbringen?

Elvira meinte, alle Lügengeschichten seien bekannt, es gebe nichts Neues unter der Sonne.

Soviel ich weiß, ist der Münchhausen immer zu Pferde unterwegs gewesen, bemerkte Egon.

Wir nehmen den Bus, entschied Walter. Pferde sind uns zu gefährlich.

Versucht doch mal, auf einer Kanonenkugel zu ihm zu fliegen, schlug Egon vor.

Auch das war zu gefährlich.

Die Aufregung bei ihrer Abreise war groß. Was werden Walter und Hannes erleben? Um den Lügenbaron zu überbieten, musste ihnen schon etwas Besonderes einfallen.

Der Tag zog sich hin, keine Kutsche fuhr vor, keine Pferde trappelten an der Haltestelle, auch Kanonenkugeln sah niemand am Himmel fliegen. Als der Abendmond über dem Wald stand, hielten sie vergeblich Ausschau nach einem Menschen, der an der Mondsichel baumelte.

Es ging auf Mitternacht zu, als die beiden auftauchten, müde und schmutzig.

Warum seid ihr so dreckig? fragte Elvira.

Wir sind in den Sumpf gefallen, erklärte Walter.

Hat euch der Lügenbaron nicht gezeigt, wie man sich am eigenen Haarschopf aus dem Sumpf ziehen kann?

Haben wir versucht, ging aber nicht, sagte Hannes. Als ich Walter rauszog, sackte ich selbst bis zum Bauch in den Modder. Danach musste Walter mich rausziehen. So ging das hin und her, bis einer zu Pferde vorbeikam. Wir hängten uns an den Pferdeschwanz und wurden beide gleichzeitig per Pferd aus dem Sumpf gezogen. Der Lügenbaron lachte uns aus. Sich selber aus dem Sumpf ziehen kann kein Mensch, sagte er. Jeder braucht einen, der ihm dabei hilft.

Beim Frühstück waren alle gespannt, was die beiden an neuen Lügengeschichten mitgebracht hatten. Es gibt keine Lügengeschichten mehr, erklärte Walter. Dem Baron fiel nichts Neues ein, weil alles schon gelogen war. Er will eine Rakete in seinem Park aufstellen und mit uns zum Mond fliegen. Dort sollen wir mit schöner Aussicht zur Erde zu Mittag essen und nach der Mahlzeit mit Münchhausens Rakete nach Hause fliegen. Aber das wird alles erst im nächsten Leben passieren.

Die neue Welt

Warum wollt ihr so hoch hinaus? fragte Egon, als er die beiden an der Haltestelle traf.

Auch im Alter muss der Mensch Neues lernen, antwortete Hannes.

Mit diesen Worten stiegen sie in den Bus, der sie in die Stadt bringen sollte. In einem Hochhaus, ziemlich nahe an den Wolken, sollte ein Kursus abgehalten werden über die neue Welt.

So nahe dem Himmel mögen wir nicht sein, erklärte Walter dem Fahrstuhlführer. Der lachte nur und sagte, dass der Himmel manchmal runterkommt und Wasser in die Schuhe gießt.

Die neue Welt, die sie kennenlernen wollten, bestand aus einem kleinen Gerät, das auf einem Glastisch von einer jungen Frau bedient wurde. Die Frau erklärte ihnen, was es damit auf sich hatte. Sie durften mit Amerika und Honolulu sprechen und wunderten sich, dass alle Menschen die gleiche Sprache redeten.

Das wäre etwas für Elvira, dachten sie. Die sitzt stundenlang in ihrem Büro und spricht mit den Geräten.

O, sie lernten viel an diesem Tag unter den Wolken. Das Ganze nennt sich Internet, erklärte Hannes. Richtig nett war aber nur die junge Deern, alles andere war kaltes Glas.

Die Frau fing an mit dem Wort Computer. So werden neuerdings die Truthähne gerufen, nämlich ‚Komm Puter! Komm Puter!‘. Digital heißt eine Schlucht irgendwo hinter Duisburg, und wenn von Chat die Rede ist, geht es meistens um junge Katzen. Ein App ist in der neuen Welt ein gescheiter Affe. Als Software bekamen sie ein Eis, das nach Rhabarber schmeckte. Bei Homepage wurde es ein bisschen unanständig, es ging nämlich um einen Pagen, den die junge Frau als Helfer von zu Hause mitgebracht hatte. Wenn du eine Watch kriegst, ist das eine Ohrfeige. Hacker nennen sie Leute, die nicht mit der Axt, sondern mit Wörtern das Holz klein hauen. WLAN ist ein bekannter Fußballspieler aus Bayern, der gerade in den Ruhestand getreten ist.

Während die junge Frau das Gerät erklärte, stellte ihr Page sich als Trojaner vor. Das glaubte keiner, denn die Trojaner sind, wie jeder weiß, schon vor dreitausend Jahren ausgestorben.

Von Viren sollten wir die Finger lassen, sagte die Frau. Im gewöhnlichen Leben machen sie krank und in der neuen Welt dumm.

Was Cyberattacke bedeutet, haben wir nicht rausgefunden, erklärte Walter. Muss mit Pferden zu tun haben, die durch das Digital eine Attacke gegen die Trojaner reiten. Amazon passt nicht zu uns. Das sind kräftige Weiber, die jeden Mann in die Flucht schlagen. Und Google ist nichts anderes als unser alter Gugelhupf.

Am Schluss der Lehrstunde besuchten wir noch ein Tanzparkett, das sich Festplatte nannte.

Und was hat das Ganze gebracht? fragte Egon.

Ehrlich gesagt, wir brauchen die neue Welt nicht, antwortete Hannes. Wir haben genug damit zu tun, die alte in Ordnung zu halten.

Zum Schluss kam die junge Frau, die die ganze Zeit geredet hatte, zu ihnen an den Tisch. Es gibt einen Weg, die Welt untergehen zu lassen, flüsterte sie. Einfach per Knopfdruck. Dann gehen die Lichter aus, alle Computer werden schwarz, Radio und Fernsehen bleiben stumm, die Telefone läuten nicht mehr. Für den Weltuntergang brauchen wir keine Atombomben, sondern nur einen kleinen roten Knopf.

Das sagte die junge Frau und lachte sich eins ins Fäustchen.

Das Schönste ist, fuhr sie fort, die Welt lässt sich nicht per Knopfdruck wieder einschalten. Wir müssen ganz von vorn anfangen.

Nach dieser Rede bekamen Hannes und Walter es mit der Angst. Wir sind schnell mit dem Fahrstuhl runtergefahren, so lange es noch ging, sagte Walter. Unten haben wir uns im Park auf eine Bank gesetzt und auf das Ende der Welt gewartet. Kam aber nicht.

Das Letzte

Eines Tages nahm Elvira die beiden mit in ihr Büro; sie hatte etwas Ernstes zu bereden.

Wen soll ich benachrichtigen, wenn einer von euch das Zeitliche segnet? Hannes und Walter grinsten sich an.

Wen meinst du damit? fragte Hannes. Segnen tun wir gar nicht. Es könnte aber sein, dass wir uns von Himmelschlösschen verabschieden müssen.

Ich muss wissen, wer eine Nachricht bekommen soll, sagte Elvira.

Da ist nichts mit Nachrichtgeben, meinte Walter. Die Menschen, die wir kennen, leben in Himmelschlösschen.

Habt ihr keine Verwandtschaft?

Hatten wir, sind aber alle im Krieg gestorben.

Wart ihr nie verheiratet?

Walter raufte sich die Haare. Meine geschiedene Frau kenne ich nicht mehr, die braucht auch keine Nachricht.

Und was soll mit euren Sachen werden? fragte Elvira weiter.

Wir haben keine Sachen, die irgendjemand haben will, antwortete Walter.

Elvira tippte auf Walters Taschenuhr. Wo soll die später ticken?

Am besten in meinem Grab.

Elvira machte sich Notizen. Zu klären wäre auch die Sache mit dem Geld, sagte sie.

Wir hinterlassen kein Geld, behauptete Hannes. Wenn du wirklich ein paar Groschen in unserer Hosentasche findest, spendiere damit Kuchen für unseren runden Tisch.

Blieb noch die Frage, ob sie begraben oder verbrannt werden wollten.

Verbrennen ist sauberer, verschmutzt aber die Luft, meinte Walter. Also lieber in die Erde, da kann ich auch die Taschenuhr mitnehmen.

Als schon alles beredet war, kamen sie auf einen besonderen Wunsch zu sprechen. Elvira sollte, wenn es nicht zu viel Umstände macht, kurze Briefe an Hans Albers und Heinz Rühmann schicken.

Hannes und Walter kommen euch bald besuchen, sollte sie schreiben.